N e u e B ü h n e 30

ドイツ現代戯曲選 8
N e u e B ü h n e

wir schlafen nicht

Kathrin Röggla

Ronsosha

私たちは眠らない

カトリン・レグラ

植松なつみ〔訳〕

ドイツ現代戯曲選30 Neue Bühne 8

論創社

編集委員◉池田信雄／谷川道子／寺尾格／初見基／平田栄一朗

This translation was sponsored by Goethe-Institut.

GOETHE-INSTITUT

「ドイツ現代戯曲選 30」の刊行はゲーテ・インスティトゥートの助成を受けています。

Krieg. Lustspiel ¶ Igor Bauersima norway.today ¶ Fritz Kater zeit zu lieben zeit zu sterben ¶ Elfriede Jelinek Macht nichts ¶ Peter Handke Die Stunde, da wir nichts voneinander wußten ¶ Einar
hokke Die Alphabeten ¶ Franz Xaver Kroetz Der Drang ¶ John von Düffel Balkonszenen ¶ Heiner Müller Der Auftrag ¶ Herbert Achternbusch Der Stiefel und sein Socken ¶ Volker Braun Iphig-
Goldberg-Variationen ¶ Dea Loher Tätowierung ¶ Thomas Bernhard Heldenplatz ¶ Elfriede Jelinek Raststätte oder Sie machens alle ¶ Rainer Werner Fassbinder Der Müll, die Stadt und der Tod

目次

Marius von Mayenburg Feuergesicht ¶ Rainer Werner Fassbinder Bremer Freiheit ¶ Peter Turrini Rozznjogd/Rattenjagd ¶ Falk Richter Electronic City ¶ Tankred Dorst Ich, Feuerbach ¶ Thomas B
Schleef Nietzsche Trilogie ¶ Kathrin Röggla wir schlafen nicht ¶ Rainald Goetz Jeff Koons ¶ Botho Strauß Der Park ¶ Thomas Bernhard Der Theatermacher ¶ René Pollesch Stadt als Beute ¶
enie in Freiheit ¶ Roland Schimmelpfennig Vorher/Nachher ¶ Botho Strauß Schlußchor ¶ Werner Schwab Der reizende Reigen nach dem Reigen des reizenden Herrn Arthur Schnitzler ¶ George

wir schlafen nicht

登場人物

ジルケ・メルテンス：キーアカウントマネージャー、三十二～三十七歳の女性（キー）
ニコル・ダマシュケ：実習生、二十二～二十四歳の女性（実習生）
アンドレア・ビュロウ：元テレビ編集者、現在はオンライン編集者、四〇～四十二歳の女性（オンライン）
スヴェン・プラットナー：ちがう、ＩＴサポーターではない、三十三～三十七歳の男性（ＩＴ）

オリヴァー・ハネス・ベンダー：シニアアソシエイト、二十八～三十二歳の男性（シニア）

ゲーリンガー氏：共同経営者《パートナー》、四十四～四十八歳（パートナー）

集団的人物：キー、シニア（強者たち）、IT、オンライン（弱者たち）

治外法権集団的人物：パートナー、実習生

プロローグ

パートナー こんなのおもしろくないんじゃないか。イスラエル・パレスチナ間紛争専門委員に聞いたらおもしろいかもな。外交官でもいい。フランスやアメリカやイギリスの外交官で全権委員を兼ねている連中さ。彼らにインタビューすればいい。きっとおもしろいだろう。あるいは政治家だ。国際政治家。この国の、ドメスティックで国内財政しか頭にないような政治家じゃない。そうじゃなくて、めったに表舞台に出ない、はじめのうちは絶対出ないが、実際は裏で全てを操ってる政治家がいい。

短い間。

パートナー あるいは例の武器査察官だ。ブリックス氏[★1]さ。

そう、たとえばバグダッドのブリックス氏だ。まだバグダッド入りしてないかもしれないが。いや、またバグダッドに行ったんだっけ。

それとも原子兵器密売組織のメンバーたち。ジャーナリストなんだから、おもしろいにちがいないよ。

ええ？　ジャーナリストじゃないって？　だったら職業は何なの？

パートナー退場。

第一場　劇が始まる

自己描写

第一景　ポジショニング

オンライン、キー、シニア、実習生登場

キー　え？　もう始まってるの？

ＩＴ　始まってるって？

実習生　もう話してもいいんですか？

オンライン　そうね、話すことならずいぶん速く覚えたわ、「ここじゃなんでも速いのよ！」でもそんなに特別なことじゃないわ、今もう少しでそんなに「非人間的なことじゃない」って言いそうになっちゃった——

キー　だめよ、まだ話しちゃいけないんでしょ。

ＩＴ　平気、平気、もう始まってるよ。

実習生　まだだと思いますけど。

オンライン　話すことに関してはぜんぜん問題なかった、とは言っても最初はね、そう、最初のうちだけは、いつまでたってもびびってるだろうって思っちゃった、なんたって最初は周りの人にも周りの状況にも気を遣いすぎてた。プロじゃないってことがバレやしないかってひやひやしてた。でも、バレなかったわ。だって周りもプロじゃなかったんだもの、まあ、プロなんてほとんどいないわけだし――でもそれに気づいたのはずいぶん後になってからのことなんだけどね。

キー　みんな、今こんなに簡単に始まっていいなんて、思ってないわよね。

シニア　思ってる、思ってる。英語混じりの話し方がひどすぎると感じたら、ひとこと警告してよ、自然に出ちゃうんだ。意識しないで専門用語使ったり、特別な単語口にしてることが多いんでね。

ＩＴ　ちょっと、聞いてくれよ！

キー　こういうことだと思う、つまりあの惑星に足を踏み入れて、それどころかあの惑星にしばらく住んで、隅々まですっかり知り尽くした後で、そこから距離をとったんだってこと。だって、あの惑星は後々まで自分に影響を及ぼし続けるだろうって気づいてしまったんだもの、それに気づいちゃったからには、どうしても去る必要があったのよ。

IT　いやいや、技術者なんかになりたくはない。誰かに聞かれたらたらそう答えるね。まあ今どきそんなこと聞く人もいないけど。問題が起きたら、みんな現場から逃げちゃう、っていうかずらかっちゃって、ただ一人取り残されることになるんだよな。

オンライン　言うのが辛いことが多かったわ、「ＳＡＴ１[★2]に勤めています」、だなんて。そう言うのってほんとに辛かった。

シニア　最初は、「いわば」って態度で臨んでた。仕事をしているのは僕じゃないんだって。むしろ役を演じてる。いっしょに演技をしてて、いわば演じる自分を眺めてるんだって。

キー　あれはエージェント惑星だった。それがわたしのエージェント勤めの過去だった。その過去を後悔してない、って言うしかない。もうあそこで働いていないことも、あの業種から足を洗ったことも、残念ではないの。このメッセで昔の同僚たちに会ったけど、みんな全然うまくいってない、って言うしかないわ——

実習生　にもかかわらずなんですけど、メルテンスさんのようなエージェントの経歴か、少なくともメディア関係の経歴が欲しいのに、エージェントの経歴もメディアの経歴もないんです。ようやくここに戻ってきたところ。しばらくここを離れていたんだけど、その間にどんな経歴も積めなかった。万博に向いていそうだから、万博に行ったらいいって、三年ほど前に言ってくれた人もいたんだけど、万博には行かなかった。アメリカに行ったんだけど、たぶん間違いだったのね。今もアメリカに行った経歴を持ち回ってるけど、どこでもその経歴を生かすことはできそうにないし。だってアメリカの経歴が必要な実習生の職なんて募集されませんから。そう、今はエージェントの経歴がカウントされるの、専門職じゃないメディアの経歴が最低ライン。でも専門職じゃないメディアの経歴では足りないかもしれない。最近は専門技術が求められて、いわゆる「ソフトスキル」だけじゃだめ、そう、専門技術と実際の経験が二つとも必要。でも実習場所を見つけるのだって難しいっていうのに、どうやってそんなものを身につけろっていうの。そう、メッセでこの仕事もらうのだって、ほんと難しかった。ジュース運んだり、ブース設営したりの雑用がメインで、タダみたいなオーガナイズの仕事だっていうのに。

第二景　企業

キー、シニア、オンライン、IT

キー　どこまで話しましたっけ？
IT　そう、どこまで話したんだろう？
キー　どこまで話したかって尋ね合うのね？
IT　もう一度言っておくけど、寝だめはできない、絶対できない。尋ねられたら、実際問題そんなことは不可能だって答えるしかない。体は睡眠を貯めておけない、身体は何でも貯め込むけど、睡眠だけは無理。だから他の方法を探さないと――
オンライン　空き時間にちょっと寝るとか？
キー　分刻みの眠りとか！
オンライン　会社の机で！
シニア　車を停めて寝たこともある、地下駐車場や立体駐車場でね。
IT　立って寝るって言う人も多いけど、そんなのまだ一度も見たことない――

キー　飛行機に乗ると一時間爆睡する癖がついたの。すごく忙しい日には、オフィスに戻って十分か十五分目を閉じた。

シニア　みんな経験してることだよ。ちょっと新鮮な空気を吸ってくるって言って、本当は三部屋ほど先へ行き、空いた椅子に座って、十分間寝るんだ。

オンライン　そうよ、みんな人間なんだから！

ーT　でもそれを誰かに面と向かって言ってみな！

短い気詰まりな静寂。

キー　「四時半です！」って一度くらい言ってもいいはずよね——だめ？　だめなの？「わかったわ。」何か他の話をすればいいんでしょ、ええ、すぐ他の話を始めるわ——いいえ、守らなきゃいけない締め切りや守らなきゃいけなかった締め切りの話なんかじゃない、午前昼夜午後の期限のことじゃないのよ、いいえ、そんな話はしないわ。でもその話こそ「今は四時半だ」っていう事実に一致するんだから本当は言ってもいいはずだし、コメントしてもいいはずなのに、「そうじゃないって言うんなら」——

キー、話を急にやめる。

IT 繰り返しになるけど、寝だめはできない、無理だ。あんたが認めたくなくても、睡眠ってやつはそうは機能しないんだ。言ってみれば、もともと遺伝子上の欠陥さ――よくはわからないけど！　睡眠を保存できたら、そんな能力を進化させられたら、どんなことが起こるか想像してみろよ。そんなことになったら息つく暇もなくなっちゃう。将来に備えて、子供時代は睡眠収集に全投資ってことになるよ。あるいは睡眠が人から人へ譲れたら、たいしたもんだろう。そしたら睡眠銀行がいくつも設立されるだろうね。

オンライン なにバカなこと言ってるの！

短い静寂、キーは他のテーマに移ろうとする。

キー 「サンノゼ★3のメッセは他とは比べ物にならないわよ。ホールひとつだけでこのメッセの敷地の半分もあるんだから。町の地図みたいなものを頼りに歩くしかないの。」そう、あそこではひどい目に遭った——

シニア　（遮って）知ってるよ。そしてあの気温や湿度の差！　メッセ会場の中はとんでもなく寒いのに、外は湿度が五十パーセントもあるんだから。

オンライン　もっと高いかもね！

キー　フォート・ローダーデール[★4]ではそれで酷い目に遭った。

IT　それからいつも時差ぼけだ！

オンライン　そう、一日の時間なんてどっかへ行っちゃう。何がなんだかわかんない。

短い気詰まりな静寂、再びテーマへ戻る。

シニア　でも結局は訓練次第なんじゃないの。観察してると、同僚たちはみんな本当に少ない睡眠でやってるよね。「まさに競争だ」。プロジェクトの進行中はほとんど誰も眠らないし。メッセの時もかかって？「そんなこと聞かないでよ！」

キー　みんな知ってるはずなのにね。徹夜明けには、集中なんかできないって。

ーT　集中力は睡眠を断つとかえって高まるって気がしてるんだけど。
キー　運が良かったんでしょ！
ーT　その通り、運が良かったんだ。覚醒していく中で、どんどん冴えてくるんだ——
キー　でも長続きはしないわよ。
ーT　二、三ヶ月は平気さ。

間。

ーT　本当だよ、今にお目にかけるさ。

第三景

シニアが一人、グループから離れて。

シニア　わかるだろ、いつもワンクラス下の車にしておくのがいいんだ。スーツだって、注意して、あんまり高級すぎないものにしなきゃだめだ。グレーが一番いい。で、それを着て、一度歩き回るんだ。銀行、保険会社、自動車製造業、公益企業、建築資材メーカー。でも都会の若手キャリアの生活について教わるようなことは、本当は何もない。みんな知り尽くしてる。高級ホテルのミニバーの中身も壁紙のストライプも。レセプションの微笑も、六時発の飛行機の乗客たちも、ルフトハンザの搭乗口にあるコーヒーサーバーも、ライジーファーの高級チョコも、ぜんぶお馴染みだ。

わかるだろ、こんなことは黙ってた方がいいってこと、少なくとも自分の意見は口にしない方がいいってこと。わかるだろ、何を言ってもよくて、何は言わないほうがいいかって。ワンクラス下の車に乗り、目立つ振る舞いはしないなんて、わざわざ言う必要ないだろ。そんなことは当然なんだから。「誰かにデスクでイエスかノーの決定をさせたい時はどうする？　誰かにデスクでイエスかノーの決定をさせたいんなら、イエスかノーでしか答えられない問いをそいつのデスクに提出すればいい！」そんなの当然だろ、それがわからないんじゃ、仕事なんてできなかった。

「マンションホテルを家代わりに使ってる、掃除付きのマンションってわけさ。働きすぎだけど、仕事以外にできることなんて何もないからね。社会化されてないんだ。数ヶ月で移動させられることがわかってるから、社会化してる暇なんてない。金曜日の十時半に飛行機で今いる町に戻ってきて、週末はレポート作成だ。それから出張費の精算もしなきゃならない。つまり週末にさらに八時間労働ってわけなんだ。」認めるよ、仕事時間がちょっと常軌を逸してるってことは。わかってるよ、仕事が何より大事じゃなかったら、こんなまねはできないさ。そんなの当たり前だ。十六時間以上とはいかなくても、十四時間くらいは楽にこなせるだろ。でもこれが大きな差なんだ。自由な時間から削られるこの二時間の上乗せ時間、これがやがて誰にも払えないほど高くつくんだ。奪われる最後の自由時間、これほど高くつくものはないんだ。もっとも長時間持ち堪えるなんてやつは、本当に少数だよ。

自分の業績には驚かない。自分の能力にもだ。それはちゃんと計算に入れてある。何日も働き続けられるなんてことも別に驚くにあたらない。面白いことでもないし。自分の能力なんかに興味はないね。いつだってそこにあったんだし、いまこうなって初めて気づいたってものじゃないんだから。最高の業績なんて自分には当たり前のこと。仕事仲間にも絶対的なパフォーマンスを期待するし、それができないような奴と一緒に仕事なんてやってられない。「眠るのは死んでから」っていう格言を今さら持ち出そうなんてつもりはない。あれが言われたのはむしろ昔だ。「九十年代半ばは、まさにあの格言どおりの時代だった。」少なくとも僕の世代にとっては。あのころどうやってあんな最短の時間に知識や経験が蓄えられたのか想像してみてほしい。そう、どうやって早くも二十台半ばで経験知を蓄えられたのかって。たしかにあの世代、今はちょっとバテ気味だけど、もう一度元気を回復したら、全く別のレヴェルですごいことをおっぱじめると思うよ。

「僕のことば、ちゃんと引用してね！」

「何だって？　そんなことできないって？」

「他にあんた、何ができないんだよ？」


シニア退場。

ーT　どう、今日は終わりそうもないよな！
キー　あら、そんなことないでしょ。
ーT　じゃあ、どうなるんだ？
キー　こんな携帯、湖に沈めちゃいたいわ——これってもう言ったっけ？——あら、そう――

オンライン 「どの湖にだい？」って聞かれてたわよ。

ＩＴ 「どこでもいいから。どこかに！」って答えてたじゃないか。

オンライン （ＩＴの口調を真似て）「そんなことしたって無意味だ、何をしたいかちゃんとわかってるくせに！」

キー ほっといてよ！

オンライン 「自分で飛び込めばいいじゃないか！」って彼は言ったけど、何も起こらなかった。

第二場　マッキンゼー戦争

第一景

再びパートナー以外の全員。はっきりとした集団的シーン。
実習生は手にコーヒーポットのようなものを持つ。

オンライン　しばらく間が開いたと思ったらまたたね、キルヒ★5の倒産を思い出すじゃない。
―T　キルヒの倒産を思い出さないやつなんていない。
オンライン　キルヒの倒産を思い出さない人なんていない。
―T　キルヒの倒産を思い出さないやつなんていない。
オンライン　ドイツ版エンロン★6――
キー　それかベルリン州立銀行ね。
―T　なんてことだ、銀行のスキャンダルだなんて！
オンライン　ホルツマン★7もよ。信じられない！

—T　しばらく間が開いたと思ったらまた起こる。「見なれた光景じゃないか！」

オンライン　そうなのよ、何年もどっかうまく行ってないのに、誰も困ってないし、だいたい誰も気づいていない。話題にもならないから、信用は続いてる。それが突如ひっくり返ると、周知の事実だったことにされちゃう。いきなりある光景が公然化して、ずっと前からわかってたみたいなことになる。突然死後の透明さってやつが支配しちゃって、驚くようなことじゃなくなっちゃう。

—T　そして、よりによってダメにしたのと同じ人間が呼ばれるんだ、他に契約のわかるやつがいないからって、バカだよな。

オンライン　超バカとは言わないまでもね。

キー　そうなのよ、レオ・キルヒ★8みたいな人にチャンスを与えないと、事情が解明できないってわけ。うまくいくのか大いに疑問だけど。

パートナー登場。

パートナー　ふん、そんな話を聞かされてもな。危機だ危機だっていうから危機が来る。真の危機。

危機の影に怯える——私に言えるのは「危機の影に怯えていればいい！　でも私を巻き込むな！」ってことだけだ。

オンライン　いつ尽きるかわからない危機の話題には、そろそろおなかが一杯。でもあの人がまた、ＭＴＶがこの町に来て三百人雇用するとか、コカ・コーラのドイツ本社がエッセンからこの町に移転してくる話を蒸し返すなんて、お笑いだわ。はっきり言っておくけど、コカ・コーラがエッセンから移転してきて、ＭＴＶがこの町で三百人を雇用したくらいじゃあ、まだお祝いはできないって。好景気って言いたいんだったら、もっと他のことも考えていただかなくなくっちゃ——

パートナー　話をちゃんと聞いていてもらえなかったようだね、好景気の話なんてしていないよ、マイナス成長になってもいないのに、マイナス成長のことは話せないと言っただけだ。こうした誤った消極的予想は理解に苦しむね。まあ、いつも消極的な予想から始めるのがドイツ人なんだけど。

実習生　（遮って）どなたかコーヒーを飲みたい方いらっしゃいますか？

シニア　誰かコーヒーを飲むかだってよ。

キー　誰かコーヒーの話をした？

オンライン　（キーとITに向って）すごいインサイダー情報になっちゃうかもしれないけど、二年前まで働いていた会社が事実上破産なんだって。公表もされてないし、破産申請もまだだけど、昔の同僚がそんなに長くないだろうって言ってた。確かに業種全体の景気が弱含みなんだけど、数字があんなに露骨に下がったらコンツェルンのトップはもう手を引くわ。昔の仲間が言うには、奇妙な連中がしょっちゅう出入りしてて、いろいろ秘密ごとが行われてるらしいのよ。これは極秘にって頼まれたんだけど。もちろんそれって言いふらしてるのと同じよね。

キー　表立って言っちゃいけないのは当然よ。

IT　当たり前だ。具体名を出すときは慎重にな！　ディテールは言うなよ。噂だけが広まるようにするんだ。それでも仲間内じゃ酷いことになるぞ。

オンライン　そういうのってまずマスコミで知るんだし。

実習生　ほんとにどなたもコーヒーを飲みたい方いらっしゃらないんですね？

シニア　コーヒーいらないの？　誰もいらない？

オンライン　誰もコーヒーなんて飲みたくないってわからないのかしら？

キー　（オンラインに向って）ところで失業中の企業コンサルタントは？　全然よね！　マッ

キンゼーが苦しんでて、解雇しなくちゃいけなかったし、ボストン・コンサルティング も同じで、あそこもやっぱり人員削減したそうよ。目下難しいことになってるわ。

シニア 世間から忘れられちゃったのは？　アーサー・D・リトルは忘れられてる。マッキンゼーは急激な変化を被った。ITコンサルタントのアクセンチュアとアーンスト&ヤングは深刻な問題を抱えていて、ボストン・コンサルティングとローランド・ベルガーは根本的なリストラ中だ。

キー 適正な人員配置にするのね！

シニア そう、適正な人員配置にして生き延びるってことを、あの業界もやっと考え始めたんだ。

IT （割り込んで）「でもさ、もっとひどいのは投資銀行だよな。」

オンライン 当然ブローカーもそうよね。今はブローカーの話をするつもりはないけど。

IT そうだよな、せめて株式市場のことを考えてみなよ。「今は関わりあいたくないけど。」

オンライン 「そうね、あっちの方向とはね」――

パートナー （舞台奥から）また危機についての話しかね。なんでまた、ありもしない景気後退について話すんだい。
せいぜいマイナス成長までなんじゃないのか、話せるのは。

キー 「市況感が悪い」って言っただけよ。でも、とめどもなくある倒産話から次の倒産話に移るっていう具合に、倒産についてだらだら話してるんだから、他に言いようがないでしょ。資金が尽きて潰されていくからって、みんなで驚いてたって仕方ないし。資産価値が消えていくって嘆いたってなんの役にも立たないわ。「テーマの変更」を提案しただけなのに、みんなの気に障るとは思わなかった、未だに全然わからない。

第二景　プライベートライフ

IT そうだなあ、そんなこと聞かれてもなあ――

パートナー もちろん聞いたって構わないよ――

シニア だめ、だめ、もちろん話したっていいんだよ、どうやってるかって。隠し事なんかないんだから――

シニア　信頼できるのは遠距離恋愛だね。それだったら仕事の負担と両立させられる。でも普通の家庭生活は無理だ。考えられないよ。

パートナー　まあね、理性的な関係だったらやっていけるし、今のは、まあ理性的な関係だ。妻も噛みついたりしない。子どもたちにだって会えるだろう――

そう、大事なんだよ。

よく電話してくるよ、そう。

家族はかけがえのないものだ。

ああ、それはもう言ったって？

IT　週末は記憶メモリーの全消去だって公言するよ、それが必要なんだ。金曜の夜にはもう誰にも捕まらない。友達と会って、「いざ飲み屋へ」だ。で、日曜にメモリーを回復し直してさ、月曜の朝にはまた元気にスタンバイってわけだ。

実習生　言いたいのは――最終的にプライベートライフはもっと削ってもいいので、ちゃんとしたビジネスライフにもっとあやかりたいんです、こんなこと口にすべきでないのかもしれませんけど、プロジェクトだって仕事だって喜んでちゃんとこなします。そう、今は待機中ってわけです。ありえないでしょうけど、もしロンドンに行くことになったら、ここにぜんぶ残して行かなきゃならなくなるってわかってます。強制だけど従うしかないですもんね——ロンドンへ行くとか、これもたぶんありえないでしょうけど、ニューヨークへ行くことになったら、ボーイフレンドも置いて行かなきゃならないことになってしまいます。いろんな所に志望は出してますけど、実はどこへも行かないと思ってます。でも何て言えばいいんです？　就職活動中の実習生の身ですものね、どっちみち。ただよく考えてみたら、しょっちゅう外出してるので、実際は彼と会ってる時間なんてないんです。もちろん職探しに出かけてるんです。志願したり売り込んだりって本当に時間取られるんですよね。結局どっかの経営者と比べても、たいしてプライベートライフは残らないってわけです——（さらに話そうとして、遮られる。出て行くように言われる。彼女は会話から去る。）

キー　プライベートライフなんてない。そんなものがあるなんて、知りもしなかった。それについて教えてもらえるんだったら、ときどきプライベートライフを持つのもいいかもね。

オンライン　あたしが言いたいのは、この業界ってものすごく飲むってこと。

オンラインは話を止める。耳を済ます。

オンライン　そう、シャンパンよ、うんざりだわ、シャンパンばっかり。

オンラインはまた話を止める。

オンライン　アル中に会ったことがあるかって？　それって真面目に聞いてんの？　当然でしょ、たくさんのアル中を見てきたわよ、例ならいくらだって挙げられるわ。でもそれだけじゃ終わらない。こういうメッセみたいな場所の問題は、付き合わないわけにいかないってことなの。シャンパン付きのレセプションで終わりというわけにいかなくて、ショルレ[★9]だって何杯も飲まなきゃならないの。男たちだけじゃなくって、ショルレもずらっと列を作っててさ、その列の間を、進まなければならなくなることがあるのよ。そこではすぐに道に迷ってしまって、二人連れじゃないと出てこられなくなっちゃう、「だってそこでは、一人じゃ道は見つからない」からね。

ＩＴ　（ささやいて）「この大酒食らいが！」

オンラインはむっとして出て行く。

実習生がやってきて場の雰囲気を変える。何か手に持っている。書類、話し声が聞こえてくる携帯、それを誰も受け取ろうとはしない。

第三景　マッキンゼー王

キー　「うわー！　マッキンゼー王が再度ご登城だって。うわー！」鳥肌が立ったみたい、「すぐわかるって、あっという間に会社中がマッキンゼー王国に早変わりしちゃうんだから」、ぜんぶマッキンゼー方式になっちゃうの。みんな震えながら順番待ちよ、大人しく列に加わる姿が目に浮かぶわ。蛇ににらまれたウサギってやつね、最近良く使われるセリフだけど。

ＩＴ　ここでまた誰かが経営学の初級をやらされるのかよ、そうでもなきゃここに来る理由もないもんな？
パートナー　そう、誰かがね。誰かが初級コースをやらなくてはね。
キー　私は結構よ。
シニア　ありがとう、僕も間に合ってるから。
オンライン　必要ないわ。
パートナー　経営学の初級というのは何度でも繰り返し習得しなきゃ意味ないんだ。そうしないと賞味期限切れになる。
実習生　授業はどういうふうに行われるんですか？
シニア　見てごらん、誰かさんがいま実態調査にとりかかるところだ。
パートナー　その誰かさんにとっての問題は、組織はガタガタ、利益はマイナスってことだよ。
シニア　それともその誰かさんは市場を十分分かっていなくて、将来どう発展すべきかという情報も持ってないのかもしれない。だとすると、その誰かさんに必要なものは何だろう？　彼に必要なのは少年十字軍だ！
パートナー　彼に必要なのは少年十字軍か。その通り。で、それから先はどうするね？
キー　マッキンゼー王の助けを求めるのよ。以前はそう言われてたわ。

シニア まあ、マッキンゼーって宗教みたいなもんだからな——でもまじめに取るわけにはいかない！

キー あなたもあの人たちを前にしたら、まじめにやんないわけにいかなくなるわよ。

シニア 生涯免許をポケットに忍ばせた高学歴のバカたちで人生経験ゼロ、組織経験ゼロだもんな、アイディアをかっさらうための共同作業はやるみたいだけどね。

キー 私マッキンゼー関係の大プロジェクトはいつも直に経験した——私のいた老舗出版社だけど、パニックが襲ってきたのをまだよく覚えてる。こうよ、「ここに乗り込んでくる！」「これは命取りかも！」すぐにそう予想したんだけど、実際その通りになったわ、少なくとも私に関しては。

シニアに向って。

そう、スキャンダルだって、大問題だってすぐに言ったんだけど、誰もあたしの興奮を本気に取らずに、救い出してくれるどころか、興奮するのが遅すぎだって言うだけよ。こうも言われたわ、興奮するならどこか他でやるか、自分一人で興奮してろ、ここは場違いだ、って。「それにしても五千マルクよ」って繰り返し言っただけなのに、「一日に五千マルクも支払うのよ！」って。あの時はマッキンゼーの社員一人にかかる五千マルクにびっくりしちゃったの。今じゃあたしも、一日に五千マルク以上必要ってわかるけど、あの時は「五千マルクですって！」って何度も繰り返しちゃったの。「五千マルクですって！」って部長にも言ったわよ、それから笑ったわ、そしたらその笑いが誤解されちゃった。ヒステリックになるな、って言われて、私そのまま固まっちゃった。後は寄ってたかってクビだって叫ばれて、連れ出されたの。

シニア　売上げに関しては、何も文句はない――

キー　（遮って）繰り返しになるけれど、売上げに関しては、何も文句はない――

シニア　（遮って）それにまた――

キー　（引き継いで）……それに企業構造の必要な変革に関しても。売上げと企業構造に文句をつけるつもりはなかった、部長をひとめ見ただけで、すぐわかったし。

シニアを見つめる。続ける。

キー　いいえ、会社へ過剰な忠誠心持ってるだなんて自分を非難したりしないわ、そんなことしないって。

シニア　誰もそんなこと言ってないよ。

キー　いいえ、やましいところなんてないもの――考えたこともない――

オンライン　（遮って）それにさあ、そういうときってすぐに不安状態が生じるのよね。そういうことがどれほど不安の引き金になるか、よくわかる――

シニア　いい加減にしとけって！　まず確認しとかなきゃならないけど、基本的にはああいう企業に入ったら、ものすごく尊敬されるんだよ。絶対だよな。でもそこまで進んで、不安状態がどうのこうの言わなくたって――最強の論拠があるんだ！　共同作業をしないことには自分たちが大変だってあいつらは知ってるんだ。「つまりクビがかかってるから、われわれに反対なんてできないのさ。」これが最高の知恵ってやつだ。

パートナー　（やって来て）しかしね、いつも相手と同じ目の高さで議論しなきゃいかん、「そうでないと何の意味もない。」これを私は自分のチームに何度も言い聞かせ、みんなもちゃんと守ってくれた。「君のチームが同じ目の高さの議論をできないんだったら、プロジェクトは散々なことになるんだ。」

シニア　もちろん僕は怒鳴りつけられた、そこにいるみたいな重役から三時間もギャーギャー言われたんだ。最初のプロジェクトの一つでさ、仕入れ部門の新編成をしようとしてたんだ。で、その重役が部長をかねていたってわけだ。「まあ原則的には、コトは明らかでね、僕はクビになるところだった。」

パートナーは中断しようとする。

シニア　（続けて）つまりみんなその重役を厄介払いしたかったんだけど、実現するのは容易じゃなくて、組織の新編成という手のかかる迂回路を通じたわけだ。新組織をその重役を厄介払いするのに利用したんだよ。でもご当人には事情がわかっていなかった。もしくはわかりたくなかったんだな。目先の利かない企業人の典型だ。いわば日蝕みたいなもんさ。みんなが知っていたのに、彼だけがわかってなかった。

パートナー　もうやめなさい！

シニア　でさ、その重役と何日も問題状況をめぐって無駄な議論を続けてたんだけど、そのうち突然自分が問題だってわかっちゃったんだ。それからだ、丸々三時間怒鳴り続けられたよ。「耐えなくちゃなんないんだぜ、そんな奴から三時間ずっと怒鳴られるってことに！」三十年も働いてきた五十台の重役に怒鳴られるってなかなかのもんだよ。

パートナー いい加減にしないか！

オンライン どうして、おもしろい話じゃないの？

パートナー つまり私はここでちょっと訂正したいことがある！　少し訂正させてもらってもいいだろう。議論の件だが別の話題に切り替えたい。「時間的制約について話そう！」

――そう、時間的制約について話そうじゃないか！

――今、私は時間的制約について話したいんだ。

――今、私は本当に時間的制約についてぜひ話したいんだ、そんなものが可能かどうかって。

――ここでは私が時間的制約について話すことができないのは、知っている！

――私の業種では時間的制約について話さなくても、誰も文句は言わなかった。

――でも、私がこのことを口にしたっていいだろう。

――はっきり口にしてみたっていいはずじゃないか。

彼は腹を立てて出て行く。

実習生がキーの引用を始める、「うわー！　マッキンゼー王が再度のご登城だって。うわー！」鳥肌が立ったみたい、「すぐわかるって、あっという間に会社中がマッキンゼー王国に早変わりしちゃうんだから」、ぜんぶマッキンゼー方式になっちゃうの。みんな震えながら順番待ちちよ、大人しく列に加わる姿が目に浮かぶわ。蛇ににらまれたウサギってやつね、最近良く使われるセリフだけど。

キー　静かにしなさい、いいわね？

IT　ああ、君のことはまだ誰も聞いちゃいないんだしな！

キー　そうよ、それを肝に銘じときなさい。

他の人は去る。実習生だけが残る。

実習生　「みんなは役員や監査役の扱いに慣れてます。」だめなんです。努力しましたけど、相変わらず会社勤めの経験も、メディアの後ろ盾もないんですから。かっこよくPRの仕事だってしたいし、いつかは腕のいいアドヴァイザーになって、お客様に「知っていること」をお教えできたらって思ってます。この頃は何に対してもオープンで、対応できなきゃいけないんです。

そうです、メルテンスさんみたいに出版社の経験とか、ビューローさんみたいにメディアの経験とか、あるいはベンダーさんみたいにコンサルタントの経験があったら、あたしもこんな目に遭ってないでしょう。でも今は新聞社のちゃんとした収入のある定職を夢見るだけです。代理店で働くことだって夢に描くことしかできないし、トレード可能なちっちゃな過去とか経験という宝を手に入れることを夢に見ることしかできない。今は、何とかして潜り込んで、繋がりを作っといて、それからそこに入り込まなきゃいけないでしょ、でもコネもないからどこにも潜り込めないんです。そうなんです、メディア関係への繋がりなんかまったくないし、広告代理店にもコネがなくて、オンライン編集者とのコンタクトもないんだから、どうすればいいっていうんです？　給料があってもなくてもいいから実習場所が欲しいです、定収入とか安定した雇用契約に憧れるんです。

でも他の人にはみんな親がいます。税理士とか公認会計士の親がいれば、親のところに出入りして、給料のあるなしはあっても実習場所を調達してもらえます。世話を焼いてくれたり、世話を焼きすぎる親だっています、だけどわたしにはいません。少なくともそういう意味ではね、税理士の親も、公認会計士の親も、企業コンサルタントの親もいないんです。歯医者の親もいない。普通の親だけです、そう言うしかありません、ぜんぜん役に立たないんだもの、職業に関する限りですけど。でもね、親を取り替えるなんてできないでしょ、つまり他の方法を探さなくちゃいけないってことです、職業上の親を作り出さなきゃいけないんです、だって一歩外に出たら自分には何もないんですから。

第三場　マシーン

第一景

パートナーひとりだけが話し、他の誰にも発言させない状況。

パートナー　いや、彼女を解雇するなんて言ってない、そんなことは言わなかった。そんなこと考えてもいないし。もし自分だったら彼女を雇いはしなかっただろう、とは言ったよ。雇わないよ、あんな態度だもの。自分だったら、ここでうろうろしてる連中の大半を雇ってないね。あの実習生だって受け入れてなんかないよ。だってあの子は必要なときにいたためしがないんだから。それとキーアカウントマネージャーも雇わなかっただろう、とは言ったよ。それ以外は何も言ってない。展示ブースのことで少し頭に来てるんだ。考えてみなくちゃいけないことなんだが、みんなメッセのストレスの話をしてたようだが、メッセにストレスなんてものは存在しない。少なくとも私にはメッセストレスなんて発見できない。今ここでみんなが不況だとかメッセの失敗だとかについて口にするんだとしたら、言ってやりたいね、不思議でも何でもあるもんかって。言ってやりたいよ、悪いのは自分たちだろって。なぜかって？　このブースだけ見たって分かるじゃないか！「このブースを見てごらんよ！」コンセプトからして完全に間違ってる。それに配置されている人員もだ！　このブースに来た時に目に入ったのは背中だけだった、考えてもみなさいよ。背中だけなんだ。背中ってのは、メッセで目にしうる最悪のものだ！――いまは、人が話してるんだろ！（口をはさもうとするキーに向って）

「聞いてくれよ、みんな！」

「メッセで目にしうる最悪のものは背中なんだ。あんたがブースに来て三人の人間に出会ったとしよう、あんたの目に入るのはその三人の背中だけだ。だって三人は話に夢中で振返ろうなんて考えもしない。彼らにとって、自分はどうでもいい存在だって思い知らされるよ。」

何か間違ったことを言ったかい？

何か間違ったことを言ったかどうか、聞いてるんだけど？

「だろ。」

短い間、キーは反応しない。

パートナー　「メッセで次にひどいのは情報を持っていないスタッフだ。ブースに何も知らない人間が立ってる。メッセ用にかき集められたからか、営業の人間だからなんだろうけど、突っ立ってて、自分の知らないことを話すんだ。「申し訳ありません。わかる者を連れて参りますので、お待ちください」って言う代わりに何でもいいから説明しなくては、って考えちゃうんだろう。

ＩＴに向って。

パートナー　状況を間違って説明してるって？
違ってるのか？
「いいんだろ。」

いや、まだ話は終わってない！

「メッセでその次にひどいのが、マイクを持った奴らで、マイクを鼻先に突きつけて来る。」そう、ジャーナリストを自称する、結局役に立ったためしのない奴らだ。インタビューでイライラさせられるし、仕事の邪魔はされるし。

適確に言い表してるだろう？（オンラインに）

わかってもらえた？

そう？「なら良かった。」


キーとオンラインは何か言いたそうだが、ＩＴにとってはどうでもいい。

パートナー いいや、話はまだ終わりじゃない！
解雇を通告することだってできるんだよ、私にはそんなことはできないなどという心配はご無用だ。そうする必要があるときは、率直にものを言わせてもらうよ。予想以上に早い解雇通告を出すことだってありうる。だって自分でも手に負えないような職についている連中をいつまでも放っておくのは無意味だからね。

外部から物事を判断するのは簡単だ。ただで手に入る意見なら、意見を持つなんて簡単なんだ。だからだが、ジャーナリストは好きじゃないって言わないわけにはいかないね。そう、ジャーナリストは好きじゃない。だって奴らはいつも意見をただで手に入れるからな。そう、本当だ、ジャーナリストは好きじゃない。

たとえば、昨年四万もの企業が倒産したと言ったのは、ビューローさんを怒らせてみたかったからなんだが、彼女は怒る様子がなかった。だから、あの人は二倍の倒産を予想していたなと確信せざるをえなかったよ。組織っていうものの新生児死亡率の話をして怒らせてみたかったんだが、彼女を怒らせるのは無理だってわかった。「組織がものすごい新生児死亡率を示そうが、ビューローさんは堪えない。彼女はそんなことではびくともしない。それがどういうことか全くわかってないか、わかる能力がないかのどちらかだ！」

短い間、その間に実習生が歩き回るが、彼女は電話のようなものを持っている。

パートナー　原則として意見が違う相手とは話をしない、なんてことはないよ——（実習生が前方

（へやって来る）

実習生　「君のイメージも掴めたよ。」

パートナー　わたしのイメージですって？

そう、あなたの場合もどっちから風が吹いてくるか、わかってる。それでもあなたと話しているんだ。いいかい、事柄はそれほど簡単ではないんだ。

第二景

オンラインとキー。ライバル

オンライン　彼みたいなタイプには最後まで話をさせなきゃ！「ああいう人の話を遮った、酷い目に遭うわ」（笑）――あらたまった話し方はやめましょ。「かしこまって話さなくてもいいわよね」、知り合って時間も経つんだし――「あなたがそういうこと気にしない人だといいんだけど」――

キー　逆に、「敬意を払ってよ！　そんな質問てあり？」って言いたいところよ。普通ああいう人には近づいたり、会ったりできないし、普通顔だって見ることできないわ、まして単純な企業の話に興味ないって悟られちゃったら、絶対会えない——

オンライン　（続けて）だからこそ最後まで話させて、遮らないことが重要なのよ、なりゆきを見守るためにも——

キー　「あの人たちの邪魔をするってことは、隙を見せることなのよ。質問の構えでもしてごらんなさい、集中砲火を浴びるから。彼らには他のやり方なんてできない、それが身に付いちゃってるんだから。あの人たちいつも、あなたがあなた自身と戦う、つまりあなたの先入見と戦うように仕向ける。」それが厄介なのよ。

オンライン　でも逆にそんなに敵の監視に没頭しなくてもいいんじゃない、あたしも最初はいつも敵の監視に熱中してるみたいになってたけど、でもそこまでする必要はないのよね——

キーは前方に聞き耳を立てる、この空間にもう一つ別の決定機関があることが明らかになる。

キー　「へえっ、あの人がそんなこと話したの？」（笑って）彼女がそんな風に見てるなんて、

まったく気が付かなかった。まあ、私ってちょっとファッショ的人格かもね（笑）
——ううん、狭い意味でそうだって言ってるんじゃないの——ちがうのよ、むしろ価値に関してなの、つまり業績とか能率とか達成能力って価値は私の場合高く評価されるべきものなの、克己心のある人間を尊敬してるのも本当よ。

オンライン　「彼女そんなこと言った？　面白いじゃないの。」ここじゃみんなすごく飲むの。まあそれはそんなに嫌じゃないんだけど。けっこう集団で強制されることが多いのよ、でもそんなに大げさに考えなくていいのよ、メルテンスさんてときどき言葉づかいが大げさになるでしょ、気にならなかった？　そう？

キー　要求に応えられる人ってほんとに素敵だわ——

オンライン　「なんですって、今は本気ですって！」自分がどんなにすばらしい人間かっていつまでも語っちゃうから、ショルレを次から次へ飲んじゃうのよ。

キー　彼女が今いるのは、どっちかって言うと、供給役のポジションよね——

オンライン　「いつも誰かの後を追っかけて、成果報告ばっかりしてるの誰よ？　それも自分で挙げたんじゃない成果をよ！」

間、キーとオンラインが耳を澄ます。

キー ライバルですって？　違うわ、私たちの間でそんなのテーマにならないわ――なんでなのよ？　違うのよ、あえて言えば気持を奮い立たせてるってことかしら。違うの、「私たちかかえてるミッションだって違うんだから」

オンライン いつの間にかほんとのメッセ仲間になったわ、「親友」てわけじゃないけど――いつもいつもまるでプロ根性の使徒にでもなったみたいに自分の仕事の自慢ばかりしてなくちゃいけないんだったら、神経がまいっちゃうだろうな――でもまじめな話、「彼女が凄腕のプロだっていうのは嘘、いかに振舞おうとね、転職者よ、あの人。前の職場から追い出されたのよ」――

キー どうやって手にいれたかって？　そりゃ、コネがあるからよ――たとえばローランド・ベルガーにも、その関連会社にも。

オンライン そうよね、そういうのってコネで手に入れるのよね。

キー そう、誰だって経済新聞にボーイフレンドの一人くらいいるでしょ――

オンライン もちろん、あたしだってどこにも知り合いくらいいるわ。

キー　この業界なら知り尽くしてるもの。

キーは中断する。

キー　もしそんなことが起こったらですって？「泣いたってだめ、頑張って、他の事に集中しなくては」っていつも自分に言い聞かせてるわ。

オンライン　結局ここにはいつだってマスコミの目があるでしょ。それにお客さんだっているし。だから感情に身をまかせたらだめ。「マスコミの餌食にはならない、マスコミの餌食にだけはなるもんか！」ってつぶやいてる。

キー　「そうよ、感情は押し殺してるわね」

オンライン　「頑張らなきゃ」っていつも言うの。「頑張らなきゃ、今ここで泣いたり、冷静さを失ったりしちゃだめ。そんなのあんたのインタヴュアーには屁でもないもの」ってね。

キー　「そう、まさに感情の安定が求められてる、感情を一定に保つことを人だけじゃなくて自分も必要としてるのよ。まあうまくいかないこともあるけどね。」

第三景

ガス抜き。再び全員集合。

パートナー　ちょっと落ち着こう、そうだ、ここで一度気を落ち着けようじゃないか。「事実は、われわれみんな少々混乱してるってことだ。」

キー　「事実は、ここでもう長いこと待たされすぎてるってことよ。」

パートナー　だからといって、混乱すべきじゃない。いまは全然混乱なんかしてる場合じゃないと思う。そうだ、混乱するなと言うのはいい助言だと思うよ。いや、全体に少しガス抜きをするときだと言いたいんだが、「みんなはそう思わないか？」

IT　でも、ガス抜きって結構大変だよな。

シニア　そう、ガス抜き、ガス抜きって。みんなずっと言うけどさ。ずっと言うんだよな、ガス抜きしなきゃいけないって。でもガス抜きなんて全然できないし、考えたくもない。

IT　忙しいんで、だいたい話かけないようにしてもらってる。

キー　私も、話しかけられるのダメ。で、水ばっかり飲んでる、そう、水、本物の水を、何リットルも、まるで体が干上がっちゃったみたいにね。

オンライン　あたしもガス抜きは困る。そしたらずっと友人たちと話をしなきゃならないし、そしたら強制的にしゃべってなければならなくなるもの。

シニア　もう言ったけど、ガス抜きはしない。新しいストレスを探す方がましさ、その方がガス抜きなんかよりよっぽどストレスは小さいからね。(他の人たちは彼を見る) たとえばだけど、僕はしょっちゅう事故を起こしてなきゃならない、つまり自分の車はたいてい事故で壊してるんだ。必ず月に一度は事故ってる。無責任なことぐらいわかってるよ。馬鹿げてるって事もわかってる、だからそんな風に眉を吊り上げるなよ、もちろん事故りたいわけじゃない、当然だろ。事故なんか起こしたくないさ、だってその場で済まなくって、後からいろいろ出てくるからね、最後には他人も巻き込むことになっちゃうし。だって、事故なんて一人じゃ起こせないだろ。

他の人は彼を見つめる。

シニア　アル中の場合とよく似てる。一定量が必要なんだろうね。常にアドレナリンが血の中をかけめぐってないとだめなんだ。「今どきアドレナリンなしでやってける奴がいるか?」って思うよ。みんな、あんたたちみんな、アドレナリンが必要だろ。ここにいる顔見渡してみろよ。アドレナリンに頼ってない奴がいるか?

キー　で、ワーカホリックって言われるのよね、そう言えば済むみたいに。

I-T　「いきなり、図星を突いたな」

シニア　それからワーカホリックだって言われて、病人扱いさ、だけど全く的はずれなんだよな。少なくとも私はワーカホリックの症状を自分に認めることはできないし、ジャンキーでもない、少なくとも今まで言われてきた意味ではね。仕事がなくたって、僕は禁断症状には苦しまないと思う。少なくともそういう事態を受け入れるね、でもよく考えてみたら、仕事っていつだってあるんだよな。

キー　それからワーカホリックだって言われて、次に「あの人たち寝ないんだよ。見てればわかる」とか言われるの。気をつけないとすぐに、「循環障害の発作」とか「神経障害の発作」とか言われるわ――

I-T　ワーカホリックって言葉はわれわれの状況を説明したり、あらゆる問いに答えるために提案されたんだ。その説明でどんな問題もすべて片付くっていうわけだ。

パートナー 自分自身がワーカホリックかどうか、今は決める自信がないなあ。つまり絶対にワーカホリックでないと断定できないってことなんだが、だけどそんなこと断定したいと思う人間がいるかかな。「なぜ誰かをワーカホリックと呼ぶのか、いつそう呼ぶのかってことの方が興味深いがなあ。」

キー それからさ、無理やりこうさせられたわけではないのよね、違うの、そうじゃなくて、自発的にこうなったのよ。

ＩＴ そうだな、拉致されたとはいえないね。

シニア あたりまえだ。

パートナー そうだよな。

キー でももしも拉致だとしたら、練りに練った計画に基づいたもので、とっくに始まっていたんでしょうね——

何度も話に加わろうとしていた実習生が、今ようやく話し始める。

実習生 お話の邪魔はしたくないし、かといって今おいとましますって言うのも場違いな気がするんです。乗車してもいないのに下車のシナリオを空想するなんて馬鹿げてるってわかってるんですけど、でももう一周、この就職マラソンを走るなんてとても無理です。別の前進の仕方を考えているので、いつ果てるともないこのアセスメント漬け、みなさんが捕われてるこのテストモードはもう終わりにさせて頂きます。いつもみなさんから聞かされていた、何が法学部卒の仕事で、商学部卒は何を知っていて当然で、経営診断士は何を知らなければいけないか、というお話にももう耳を傾けたくないんです。類縁性と非類縁性についてどんな大仰なことが語られているんでしょう。事物の中でまどろんでいるわずかな類縁性が突然爆発して、すべてを覆いつくしてしまうところなんて、見ていたくありません。そう、わたしには近づくことのできない類縁性が宣揚され、いつも類縁性の物語まで添えられるんです、ちょっとした逸話とか目的を達成したという逸話なんですけどね、それらの唯一の意義と目的は、わたしに言わせていただければ、いかにみなさんが類縁性に根を下ろしてるかって証明することにあるんです。

キー そう簡単には行かないわ、そう簡単に逃げだすわけにはいかないのよ。それに持ち場を離れちゃいけないって言われたでしょ。

ＩＴ　第四展示館には行くなって言われたよ。
キー　ここが第四展示館じゃないの？
ＩＴ　それは聞いてないな。
キー　まじめな話よ、第四展示館にいるんでしょ？
オンライン　一階には行くなってことよ。
キー　あなたなんでそんなこと知ってるの？
ＩＴ　とにかく、自分の持ち場を離れちゃだめだ。

実習生は姿を消したか、キーとＩＴに取り押さえられたかのどちらかだ、いずれにせよ彼女は口をきかせてもらえない。キーとＩＴは奮闘中。オンラインとパートナーとシニアが後に残る。短い沈黙の後。

パートナー　なぜ人にワーカホリックなんてレッテルを貼るんだろう？　これはいい質問だ、少し考えてみる価値がある。今じゃそんなレッテルを貼るのはそう簡単なことじゃないんだが、でも自分の時間のほとんどを仕事につぎ込んだりすると、そう言われることがある。そういう観念が広まると、突然仕事時間と自由時間がはっきり分けられるようになる、まるで、そんなことが可能であるかのようにだ。そんな観念はまったく馬鹿げてるとは言わないまでも、奇妙と言うしかないね。

「ちがう、スムーズにいってない人間がワーカホリックって呼ばれるんだ。すべてがうまく運んでいたら、ワーカホリックなんて呼ばれないさ。ワーカホリックって呼ばれるのは、何かがうまくいかなくなってるか、プロジェクトをうまくこなせない人間だ。ワーカホリックとは、みるからに疲れきってる奴か、汗だくになっちゃう奴をいうのさ。もうやばいってはっきりしてる奴さ。典型的な虚血性心疾患の症状をしていたり、まもなく肺がんにかかったりする。チェーンスモーカーだったり、ほとんど寝ないんだからムリもないよな。」

でも自分はどれも該当しない。汗だくにならないし、虚血性心疾患の症状もないし、タバコには手を出さない、それに妻が毎日電話をくれるしね。そう、健康そのものさ。この点からは問題にしようがない。それなのにしょっちゅう、もはやスムーズな進行はどこにも見られない、って文句を言われるんだ。「そういうときは「ここで働いているのは私一人だけなのか?」って聞いてやるがね。ところが互いに言い合うじゃないか、「まだ働いていると言えるのはゲーリンガーさんだけです。いつも事務所にいますから。朝来ると一番に座っていて、夜も最後までです。ほんとわからないんですよ、家に帰ってるのかどうか?」彼らがそんなこと尋ねあってるってのは、うすうす知ってるからさ。実際家になんか帰ってないさ。なぜかって? だって私は家では何も失くしたことはないが、仕事場ではあるんでね。スムーズな進行の責任は私だけにあるんじゃないが、結局私だろ、最終的な責任を負うことになるのは。

みんなはわかっているくせに言うんだ、「ゲーリンガーさんはようやく離婚にこぎ着けたんだ、もう前みたいに成績優秀とはいかない、打てば響くというわけにはいかない、もうあてにはできない、消耗するプロジェクトしか持ってこないし」って。仕事を手伝うものがいなくなって、みんなの仕事がおざなりになっても、驚くにはあたらないさ。

知ってるよ、「ゲーリンガーさんは自分だけの惑星に閉じこもってる、誰も彼には触れないほうがいい、でもいつかは椅子から落ちて何も仕事をこなせなくなる。彼に気づかれないように、そろそろ引退させなきゃ。彼に知られる前にそろそろ始末した方がいい」って考えてることくらい。

こちらとしては「私のことを愚か者だと思っているのか」と言うだけだ。それに対する答えが返ってくるとは思っちゃいないさ。私を厄介払いしたいことも、私の引退の邪魔をしないことも、いろいろその方向で働いてきたこともわかってる。しかし結局上手くいかなかったんだ。（中断する）「だめだ、そうはいかない」って言っておきたいな。私の成績なんていまさら問題にするのはやめよう、そんなことをするつもりはない。

パートナー退場。

オンライン

あたしも今みんながベンダーさんとゲーリンガーさんに抱いてる共感をともにすべきなの？「そう、経営者への共感のレッスンなのよ、ここで行われてるのは。まずはよくわからない数字に慣れること、するとその数字に囲まれてる経営者とかコンサルタントに共感するようになる。最後にはリストラされて消えていく退場のリズムも身につける、そうしないとその人たちの現在を邪魔することになっちゃうから。同情こそが始まりで、いつかああいう人たちに共感してほしいって要請がくるようになるの

よ。」（オンライン退場）

シニア 「全体にちょっと洗脳めいたところがあるよな、ここに長くいると」って彼言ってたよな、あの人はいいさ、僕は洗脳はごめんだね、どんな洗脳だってお断りだ、だけど、どうやらそうもいかないんだろうな。たぶんまたここで徹底的に検査されるんだろうね。もちろん試験走行ならもう十分やったよ、ここでやらされてるのはいつだって試験の過程だからね。ただもうちょっとスピードを上げてもらえないのかな？　もっと効率的に事が運べないかってことさ？　作業工程の能率を最大限にできないのか？「そして君自身がテストされるんだぜ、強靭な神経を持ってるかい？　強靭な神経の持ち主かどうかってことがいつも徹底的に試される。指導的会話っていうのをいつも指導職員とやらされるんだ。しょっちゅう君の周囲の人がインタビューを受ける。「どうです、彼はよく働いていますよね、きちんとやってますよね。フラストレーション起こしていませんか、チームワークはどうです?」って。」銘々に二十頁もある情報ファイルが作成される、秘書とか同じチームの人もいろいろ聞かれて、サインしなくちゃいけない。というわけで昇進したり格下げになったり大変なんだ——この点でもこの会社にヒエラルキー的なやり方があると、責めるわけにはいかないね。

第四場　私たちは眠らない

第一景

不気味さ。ＩＴとキーは自分と自分の感覚にてこずっている。

ＩＴ　ここはますます気味悪くなってくるな――
キー　私、あの実習生が薄気味悪いの、これって前にも言ったっけ？
ＩＴ　ここにきていくつも気味の悪いことが起こってる。たとえば、俺ぜんぜん酔えなくなっちゃったんだ。
キー　あの子、なんの理由もないのに興奮するのよ。
ＩＴ　浴びるように飲んでるのにさ、何も感じないんだ、いくらでもいけちゃうんだよな。
キー　そしてあの声。あなたあの声聞いた？　あの声をちゃんと聞いたことある？
ＩＴ　きのうの夜気づいたんだけど、酔わないんだよ、ほろ酔い気分にもなりゃしないんだ。

キー　あら、体が完全にメッセ業界用に切り替わったのよ。
パートナー　そうか、この業界も先行き期待できそうにないな。
ＩＴ　いずれにせよもう精神的に問題のない人間をあてにすることなんてできない、そう、それはもうムリだってのが、俺の見解さ。ここじゃむしろ精神的に問題のある人間を前提にしなきゃいけないんだ、でもあんたはそんなことお見通しだよな。原則的に、ここじゃイザコザはしょっちゅうお目にかかる、だけど誰がそんなもの見たいかっていうんだ。

ＩＴは他の者たちところへ行き、キーがひとり残る。

キー　また人違いされたわ。しょっちゅう他人と間違えられるの。きっとまたあの人に会うと思うけど、全然知らない人、どんなに記憶を探ってみても、あの人のこと何一つ思い当たらない。あの人をじっと見て、言うしかないわ、「簡単な挨拶くらいじゃ済まないわよ」って。邪険な目つき、ひどく邪険な目つきって言うしかない。ここの人たちのしたたかさは、そろそろ憂慮すべきところまで来てる、って思うわ。

—T　俺が何でも屋じゃないってことがようやく分かってきたみたいだ。どんな問題も解決する便利な技術屋だなんて思わないでくれよ。そのことがみんなの頭の中に入り、浸透し、そのまま残ったみたいなんだ。でも結局だれも気にとめやしないってわかってる、誰も気にとめるやつなんかいない、って俺は言ったんだ、そして尋ねたんだよ、あんたは何をするんだ？　って。で、彼女何て言ったと思う？

キ—　「違うのよ、あの女また私をじっと見つめるのよ」

—T　どの女がさ？

キ—　また消えちゃった。あそこに立ってたのに。

—T　「人間は空中にかき消えたりしない、そう簡単にいくもんか！」って言ったよ。「ヒステリックにならないで、落ち着くんだ」って。とにかく頭に血がのぼっちゃってて、完全にヒステリック状態なんだよ。俺は、その女まだどっかにいるはずだって言っただけなんだ。そしたらぶち切れちゃった。こちらとしてはもう何もできない。ちょっと休憩したらって言ったよ。だけど彼女は、いいえ結構です、だろ。休憩したほうがいいよ、ちょっと休んだら、そしてちょっと別のことを考えてみたら、って言ったんだけど。

シニアとオンラインが加わる。

ＩＴ　また例のポルノホテルの話を始めるのか？　まさか本気でポルノホテルの話を始めるつもりじゃないんだろうな？

キー　ううん、そんなこと全然思ってない。

ＩＴ　でもまたポルノホテルの話を始めるんだろ？　俺はもううんざりだぞ。

キー　だったら過敏症にならないように気をつけることね。

オンライン　（介入する）この人いまさら過敏症になんかならないわ。もうとっくになってるもの！

ＩＴはシニアを引っ張る。

ＩＴ　（オンラインについて）それももう聞き飽きた、「またデュッセルドルフ風おせっかいなんて！」いらぬお世話だ。どれだけデュッセルドルフ風おせっかいを繰り出しても足りずに、またぞろデュッセルドルフ風おせっかいを始めるんだ、いいかげんにしろ。

わかってるんだ、「いいか、あいつまたすぐデュッセルドルフ民謡を歌い出すぞ、「あたしって、なんて人気者なの！」ってやつだ」。聴衆はしかたなく拍手するけど何も聞いちゃいない、拍手しながら寝てるのさ。あいつの聴衆のことなら、俺は知り尽くしてる、いいかげんにしろ、この辺り一帯に立ちこめてるデュッセルドルフ風ねばねば、あいつがどっぷり浸かってるあのデュッセルドルフ風ねばねばはもうごめんだ。あいつからなんて何も出てくるもんか、たとえ出てきたって俺には関係ない。」

キー　あなた過敏症になって、自分がどこにいるか忘れないように気をつけなさいよ。ここじゃ過敏症も、あなたがいま発症したらしいデュッセルドルフ・アレルギーもお呼びじゃないわ。それに、私まったく別のアレルギーが出ちゃった。だからまったく別の話をさせてもらうわよ。

ＩＴ　（シニアに向って）ほら言ったことか。

キー　何のこと？

ＩＴ　（シニアに向って）ポルノホテル物語を始めるんだ。

キー　ちがうわ。

ＩＴ　（シニアに向って）絶対そうだ、すぐまたポルノホテル物語を始める。

キー　ちがうってば！

ーT　覚えてるもんな。シュトゥットガルト空港で足止めを食らったんだろ、ローマかパリで積み残されたラゲージ待ちで。で、とんでもない値段のホテルの部屋に座ってると、四方八方から例の物音が聞こえてきた。彼女の周り中にあのあえぎ声が飛び交っているみたいで、あたり一帯からあえぎ声が流れてきたんだ。空港周辺のホテルの部屋の売り物はどこも、テレビと薄い壁だ。テレビととんでもなく薄い壁とあのあえぎ声なんだ、「ほんとなら二人で生み出すはずのものが、あそこじゃシングルルームから発生するらしいの」だとさ。全部の、そう彼女の部屋の近くの全部の部屋で、レセプションのところで見かけたビジネスマンたちがいっせいにビデオを見てて、彼女までそのポルノ的雰囲気に巻き込んでるんだ、ってことが腑に落ちるまではちょっと時間がかかったらしい。彼女はそんなひどいポルノ的雰囲気に巻き込まれたままでいたくなかったんだけど、どうやって抜け出せばいいかわからなかったんだ。

キー　（引き継いで）そう、翌朝はみんな朝食のホールに座ってるのよ、洗練された企業人たちがね。穢れを知らない子羊みたいに！　パステルカラーの中に座ってるの、メーヴェンピックホテルの例のパステルカラーに囲まれて、ずっと持ち歩いてる全書類が入ってるアタッシュケースを隣に置いてね。契約書や仮契約書やプロフィールや業績調書が入ってるのよ。

シニア　（引き継いで）その通り、ヘッドハンターたちだ。いつもそういう場所で出くわすんだよな、飛行場とか駅でね――必ず翌朝に出会うんだ。

キー　（引き継いで）そうよ、そこに座ってね、ヘッドハンターたちが契約とかあと少しで成立しそうな契約について語るのに耳を傾けるってわけ、どんな風に交渉トークをするのか、どんなにソフトでよく通る声でやるのか、ってね。夜聞こえてくるポルノのあえぎ声と独特のコントラストなのよ。

シニア　それで？

キー　それだけよ。

IT　（引用して）その人たち部屋にいるたった一人の女性の周りをヒマワリみたいにまわってるの、その女性っていうのが私。

シニア　それから？

IT　（引用して）ブレット・イーストン・エリス★10みたいな気分にならないように気をつけなきゃ！

キー　そう、ブレット・イーストン・エリスみたいな気分にならないように気をつけなきゃいけないの。

シニア　ブレット・イーストン・エリスなら読んだことあるけど、いまのは大げさだよ。

シニア　ここでチャイルドポルノについて何かコメントすべきなんじゃないか？　今それが求められてるんだろ？　僕としては、チャイルドポルノについて何か言ったりしたくないんだけどな。そうしなくちゃいけないとは思ってるよ、だっていつからかみんなチャイルドポルノのことを話してるからね。

キー　だって事実その通りじゃないの。どのメディアでも流れたわ、「ＣＥＯが少女好きだって理由だけで、生産現場はタイに移った」って。「ＣＥＯが幼い少女が好きだって理由だけで、女性はベビーカーで会議に運ばれました。」

キー　女性？「ＣＥＯが少女好きだって理由だけで、それは管理チームのスタンダードになりました。」

ＩＴ　いい加減にしてくれよ！

キー　なんで？　会社全体のなかで少女のつまみ食いが都合よかったんじゃないの、チャイルドポルノがネットで見つけられなかったっていうの?

キー　見つかったわよね、大スキャンダルだった——

シニア　それでどうなったの?

ーT　表沙汰になったとき、現地の工場をできる限りダウンサイズしたんだ——

キー　いまじゃもう微罪扱いじゃないの。

キー　(突然前方へ向って)でもね、みんな強制されてたなんて言いたくない、そうよ、そうは言いたくないけど、そう見えちゃうのよね、少なくとも外部からはそう見えるっていうのは認める(笑)。まるでしばらく一緒に時間を過ごしたみたいに見えるのよね、根本的には正しいんだけど、ただしどのくらいの長さかってことが今わからないのよ。しばらくはお互いから離れないでしょうね、「ごらんのとおり」(笑)、でもこの条件じゃ上手くいきっこないわ。あのね、ゲーリンガーさんと二人ではいたくないわ、私には辛すぎる。(咳き込む)

第二景

全員が再び前方へ向って話す。

シニア　（専門家のような口調で）デキセドリンのことを考えていたんだ、難しい話じゃない。デキセドリンを飲めばそんな効果は簡単に得られる。作用物質からいうならエフェドリンでもいい。以前はキャプタゴンていう名前だった。今でもそういうんじゃないの、商標は。アンフェタミン類の覚醒剤だ。そんなもん飲んだことないよ、さっきも言ったけど、もうそんな必要もないし。

IT　同僚たちは顔洗ったり、新鮮な空気を吸いに行ったり、レッド・ブル[★11]を飲んだりしてたな、コーヒーだってある程度は眠気を覚ます。自分には必要ないけどね。反対に、いまじゃ飲みたいものをなんでも飲めるけど、どれも効果はないね。

オンライン　目を覚ましてくれるのって、お酒だけじゃない。

パートナー　どれだけ立ちっぱなしで仕事をしてるかって？　言えないよ、もう自分でもとっくにわからなくなってる。時間なんか測ってないし、いまのこの状況で日数がどうのこうの言ったってしょうがないしな。

キー　「負担だなんて思わないわ。」

シニア　もう一度言っとくけど、僕はアドレナリン中毒じゃないからね――

キー　「私は平気だわ。」

パートナー　頼むよ、いつここで休憩を取るか、いつ取らないかくらい自分で決めさせてくれよ。いつここから帰るか、「いつが終業か」も自分で決めていいだろ？

シニア　質問は何だっけ？　誰かが虚脱発作を起こすのを見たかって？　本当に虚脱発作を起こすのを見たかって？　そんなことはっきり言えるかよ、「とにかくここじゃあだめだね。」（笑）

パートナー　いいや、誰かが虚脱発作を起こすのなんて見てない。何度も言ったじゃないか、そういう社員が二人いたって言う話はもちろん聞いたって――一人は「循環障害の発作」でもう一人は「神経障害の発作」、二人とも過労だったらしいな――

シニア　たとえば、来なくなっちゃった奴の話がいつか出るんだ。いつか噂になる、あいつはもう仕事には来ない、脱落しちゃったらしいって。そしたら誰かが虚脱発作でぶっ壊れを起こしたのは事実だと受け入れざるをえなくなる、「根も葉もないことを言うやつはいないからな」、たいていは背景があるんだ。

パートナー　でも今はまだ、そんなに大勢の社員が消えてしまったわけじゃない、「そんな主張ができるわけがないだろ」、自分の職業人生を振り返ったってそうだ。むしろ限られた数なんじゃないか、「そんなにたくさん消えたわけじゃないんだ。」

短い間。

誰がそう言った？
誰がそう言ったかって聞いてるんだ。
そんなことを今ここで話題にしなくたっていいんじゃないか。
その話は終わったのか？
その話はもう終わったのかって聞いてるんだ。
私はもうその話は終わったと思うよ。
そうだ、私はその話はもう終わりだって宣告するつもりだ。

第三景

ショック。実習生を除く全員。

キー　（不安げに）声が出なくなっちゃった、「ごめんなさい」、一瞬声が出なかったの、ごめんなさいね、私こんなに自分の体に負担かけてたのかしら、こういうのって初めてじゃないの、でも状況を正しく認識できていたのか自信がないわ。走ってる人たちのイメージが処理できなかったの。
ベルトリングさんまで走らなくちゃいけなかった、ビョルンは彼らがアタッシュケース抱えて、コートを翻しながら走るのを見た、案内役の女性とリーダー氏、わたしもリーダー大臣が走るのを見た、みんなが走っているのを、通路のそばの窓ごしに見てた。みんなが走ってた、おかしな光景だったわ。スローモーションみたいに見えたわ、みんながコートとスーツをばたばたいわせながら、メッセ会場を出口に向かって走ってく、誰もちゃんと服をきてなかった。ぶつかって押しのけあうところも見たわ。びっくりしてパニックみたいな表情を浮かべてる人もいたけど、ごく当たり前っていう風で、ジョギングのラストスパートをかけてるみたいな人たちもいた。でも最悪なのは、みんなが参加してて、実習生まで仲間に加わってたってことだわ。

IT 実習生か、彼女いまどこにいるんだ？

キー 今は（咳をする）もうこれ以上話したくない。――本当にもうだめ。今は（咳をする）何も言いたくない――

パートナー 声が出ないって転位行動だろ。わかってる。別に彼女を陥れようとして言ってるんじゃない、彼女が参ってしまったのはよくわかる、「そういうことは時々あるんだ」――そう、転位行動だ、ありうることだ、なにも取り乱す必要はない、他のみんなだっていつそうならないともかぎらないんだから。

咳をする。

オンライン （なだめるように）あたしも自分の声がわからなくなっちゃった、自分が何を話してるのか、たぶん少しぼやっとしてたんだわ。「そう、ときどきプッツンしちゃうのよ。」いずれにしても他の人たちはずいぶんびっくりしてた。でもあたし自分でも自分にホント驚いちゃった。誰かを大声で怒鳴りつけることができるとは思ってたし、もっと大きな声だって出せると思ってた。でも、あんな音域の声が出るなんて思わなかった、まるで知らない人があたしの中でしゃべってるみたいだった。

キー 自分がそんなに恐ろしい存在だなんて思ってなかった、いいえ、想像さえしなかったの。こんなに不安になるなんて覚悟してなかった。ほんとこんなに不安になるなんて全然覚悟してなかった。

IT 今はヒステリックになるなよな、言っとくよ、ふたりともだ。

オンライン 適任者が口をきいたってわけね――

パートナー 取り越し苦労のスイッチを切ってくれよ、みんな取り越し苦労はしばらく置いとこう！

ITはパニックになって部屋を出ようとするが、できない。過労死した人間の骸《むくろ》のように部屋に残る。

オンライン （ITの方を見て）あら、「あんたとあんたのその取り越し苦労」ですって。悪くないわね、そう、「あんたとあんたのその取り越し苦労」、それってあたしすごく小さいころからさんざん言われてきた、あたしがよくみんなに注意を促すからって、でも今になってまでそんなこと言われたくないわ、だいたい——（中断するが、また話し始める）あたしが、しらふじゃないなんて、みんな知ってる。そう認めますよ、けっこう酔っ払っちゃってるって。人の話の腰を折らないでよ、わかってるわよ、しょっちゅうそんなこと言われる必要はないの、あたしが自分の信用を傷つけてるっていうんでしょ、聞き飽きたわ、あいつは誠実さを持ち込む、誠実のかけらもないところに突然誠実を持ち込むんだって。そうすると誠実は家具みたいに、どーんと居座るんだけど、もう誰からも見向きもされないんだって——

（シニアに向って）いやよ、今は声をひそめたりなんかしない、そんなつもりはありません。言わなきゃならないことは大声ではっきり言わせていただくわ。みんなに聞いて欲しいの。そんなにこっちを見なくてもいいのよ、今度はみんなの番だわ。一体何を考えてたの？　あんなことしてて報いは受けなくてすむって思ってた？　あんなにたくさんキックオフミーティングについて語っておきながら？　絶えず顧客の人間性を発見したり、「マルチタスク」って言葉に簡単につかまっちゃったのに、お咎めなしですむと思ってるわけ？　そう、酔っ払ってるってことくらいわかってるって、「でもあなたたち何考えてるの？」いつまでこんなことが上手くいくと思うかって、聞いてるの。いつまでお咎めなしにサービス産業社会について話せると思ってる？　いつまでもサービス産業社会だとか知識社会だとか口にしてて、無事に逃げおおせられるなんてことをあてにできるわけ？　でもそれだけじゃないのよね。「全然それだけじゃないの。」ここではいつの間にか人の物真似してもお咎めなしどころか、なんでもないってみんなが信じちゃってるのよ。

オンライン退場。残りの者は途方にくれる。だがそれから突然パートナーがまるで転位行動を起こしたかのように前方に向って話し始める。しかし前方にもう何も存在しないようだ。話はもう聞き手のもとに届かない。

第五場　パニックと幽霊

第一景

幽霊。キー、シニア、パートナー

パートナー　「みんな私を誤解してないだろうね」、ここじゃあ原則として、出くわしても逃げられない。ついこの間からだけれど、みんな私を徹底的に避けてる、私にちょっと会っただけでぎょっとするんだ。

キー　私は外の刺激にはもう反応しないって何度も言ったわ。それでなくても私が元気いってみんな知ってる。どんどん幽霊になっていってるのかしら、わかんない。こんなこと聞きたくないでしょうけどね、でも言わせてもらうしかないわ、「幽霊になることに決まるとどんどんしっくりしてくるし、幽霊って体の中でどんどん育ってくるの。」

シニア 僕は幽霊だなんて宣告される前に、なんとかするね。耐えられないからな。最低限のスポーツはいつでも目の前に用意されてんだけど。まだちゃんと生きてるって証明できるよ。見せてあげようか、心配無用だよ――

キー (遮って) 私にも人を元気にしてあげたいって衝動があるわ。それにしょっちゅう元気だって思われてた、間違いだけどね。男性陣の言う例の元気のことよ、そういう元気の持ち主と寝てみたいんでしょ。そう、元気のもとが必要だったり、体にハリとツヤを取り戻すローションが必要な時に、必要とされるんだって感じたことが珍しくなかった。しばらくは自分でもそう願ったことがあったわ。すごく元気だねって言われるのが最高に気持ち良かったから、ずっと元気を製造してた。元気よすぎって言ってもいいくらい、でもたいていそれで失敗したの、特にプライベートでね。男は元気ないのに、女が元気良すぎって状況がよくあった。そういうのって結局うまくいかないのね、いつも失敗。だって男はいつか元気よすぎる女に嫌気がさして、耐えられなくなっちゃうし、自分の元気の無さが情けなくなっちゃうのよ。

(パートナーに向かって) それはそれとして、あなたが元気ないのは私とは関係ありませんからね、嫌よ、そんなことあなたの奥さんかあなたの同僚にお任せします、関わる気はありませんから。でもあなた、自分の元気のなさが全然分かってないみたい、もしかしてそんなこと考えてないんじゃないかって疑ってるんじゃないのかしら。きっと気取って、これはプライベートなドラマであって、人生で一度や二度はそういうことに遭遇する、って言いたいんでしょ。だけどあなたにはもう何も起こらないわ。それが分からないのね。はかなさの感覚なんて持ちあわせていないんでしょ、いつの間にか外出先でなくしちゃったのかもね？　ミーティングの後とか、アポの前とか、交渉の途中とかにどっかで忘れたってこともあるかも。はかなさの感覚は置きっ放しにされて、びくとも動くもんじゃないわ、だからこそあれだけの量の仕事をこなしてこれたんでしょうけど。

シニア　でもさ、自分のことを幽霊だなんて思わないでしょ、そんな定義は外から誰かに下されるもんでさ、自分のことをそんなものに分類したりしないよ。自分がゾンビとか（笑）モンスターとか（笑）だなんて思わないって。僕の方がそんなのより（笑）かっこいいだろ（笑）？　いいや、自分の中に幽霊なんて見つけられないよ（笑）。少なくとも自発的には、そんなことするもんか——

キー　「ちっとも面白くないんだけど、ちがう？」

シニア　冗談なんて言ってないよ。

パートナー　「そう、彼は冗談は言ってない。」

パートナー　唯一まだ予期できるのは、すでに明らかになっている死亡例は、普通以上に野心を抱いた社員のものだろうということだ。いまさら無理だけど、もっとはっきり説明するくらいのことはできたろうということなんだ。

キー　そんなところかしら。

シニア　そんなところだね。

キー　なんでそれは起こらないわけ？　元気の良さってふつうは雑草みたいにどんどん育つっていうわ。でもここじゃなぜか何も育たないじゃない。

パートナー　そう、今こそリバイバルが起こるべきなんだ、それが最低限の希望だよ。だけどいつも「パワー、パワー、パワー」って言ったって、成果が生まれるわけじゃないっていうことも理解しないとね。（他の人は期待のこもった目で彼を見つめる）

シニア　一度たっぷりと休憩してみたんだ——何でやっちゃだめなんだ？　って考えたんだよ。しばらく何もしないで、ちょっと子育てでもして、本を書いたり、自分のために何かするってことをだ。で、何をしたかって？　何もだ。問題を抱えこんだだけだ。——

「当然さ。」
一日に十四時間以上も重圧下で忙しく働くのに慣れているやつは、やめられずに続けるしかないんだ。

彼は他の二人を見つめる。

それから何をしたかって？　初めてだけど女性問題のストレスを自己演出したんだ、
「聞いてあきれるよ。」

彼は他の人を見つめる。依然として何も起こらない。

しばらくだけど三人の女と付き合ったんだ。本来は二人だけなんだけど、かなりの間うまくいってたんだ、でもそれから三人目が入ってきて、偶然だけど、その三人目がなんにでも首をつっこんだんだ。分かってる、チャレンジが必要だし、緊張が必要だってことさ。女たちはどうやらそんなの必要ないらしい、ってことも分かった。自分の生活をそんな風に演出するのが、しばらくは楽しかったって認めるよ。「何人かの女に、一人だけって思わせなきゃならないとしたら、相当な労力が必要になる。」そんなことするくらいなら十六時間ぶっ通しで働いたほうがましさ。要するに、そんな簡単にプッツンなんてできないってことさ。

他の二人も加わる。

キー 爪を噛んで全部深爪になっちゃったわ。壁をじっと見つめるでしょ。髪の毛を掻きむしるの、「他に何をお見せできるかしら?」二十四時間ぶっ通しで電話かけまくった。喋りまくって、アポとって。リストの番号はかたっぱしからかけた、まあ今してることと根本的には同じなんだけど。微細な差といえば、当時のあたしはかなりイライラしてた。——でも結局その申し出を最後には引き受けることにした。そう、最初は引き受けるつもりのなかったその仕事を引き受けたのよ。そうよ、そしてこの物語に巻き込まれたってわけ。

パートナー そのとおり。パニックの発作が起こったのはいつか、そう、初めて本当のストレスを覚えたのがいつかもう思い出せないけれど、突然だった、パニックの発作が起こったのは。まだ経験してないなら、とてもじゃないがどういうものか解らないだろう。最悪な経験だよ。そう、過激な言いかたすると、その休憩のせいで殺されかかったんだ。

第二景　記憶と回想

シニア　ヘリコプターの音は最初からだって。何だか変なアナウンスだな、ってみんな最初から言ってたじゃないか。ずっとここのあちこちにSPが立ってるのも見たって言ってただろ。特別なことじゃないよ。

キー　ええ、憶えてるわよ、はじめからヘリコプターの音がしてたし、警告を発する声が聞こえてた。入り口の辺りにいた人たちのことも憶えてる、少なくとも何人か立ってたわ。

パートナー　そんなに目立つものじゃないぞ。本当は気づいちゃいなかったんだろう。

キー　そんなことない、はじめからヘリコプターの音はしてた、今はみんなにも聞こえるでしょ。それから、これは普通のことだって言われるの、どうしたというのかね、って。私なんでこんなにナーバスになってるんだろう?「全てが監視されてる。」全てはグリーンゾーンに収まってる! ここでは特別なものなんか見つからない、少なくともあの人が特別だって定義しない限りはね。

間。

キー はじめからヘリコプターの音はしてた、今はみんなにも聞こえてるはずよ、みんなたくさんのことを忘れるのよね、起こったたくさんの出来事はいつでも思い出せるようになってないのね。

シニア いつも後になると、いろいろ楽しかった、って言う。

パートナー そうだよ、時が立つと物事ってみんな違って見えるからね。社史に残るのは成功物語だけで、それ以外は省かれるんだ。

シニア そう、成功話は社史に残る、だけど遺漏があるなんて言ってごらん、すぐこうだ、「心配ないですよ、あなただってちゃんと社史に残りますから。」こっちは心配なんだ、って言うしかない。だって結局この数週間でここでの口のきき方がどんなにひどくなったか、この数時間なんて自分の会社とコンタクトをとろうなんて奴はひとりもお目にかからなかったんだからね。もうとっくの昔に忘れられたんじゃないかって疑ったよ。

キー 忘れられた?

パートナー ちがうよ、ここじゃ誰もそんなこと言ってない。それにそんなことがあったにしても、まったく普通のことだろ。私が言ってるのは、時々無視されるってことさ、それは普通だよ、ずっと続くようだったら、何か手を打たなきゃいかんが。

シニア ああ、今日じゃだいたい、みんな自分のことを思うどころか、なにもかもさっさと忘れちゃうのさ。

パートナー そう、すごい記憶力を誇るやつなんてもういないんだ、まあ私にはその方が好都合だけれどね、だっていろいろ陰口を叩かれるのは気持ちのいいものじゃないからな。とにかく、記憶なんてそれほど欲しとは思わない、たいてい正確じゃないってわかってるしな。みんなが思い出すのは事実じゃなくて噂だ、噂の方が人気があるし、「話としてもよくできているからだ。」「私は誰も殺しちゃいないと思うよ」とか、あまり昔のことまでは憶えてないが、思い出せる限りでは、人は殺しちゃいないとかな（笑）。いや、あまり昔のことはほんとに憶えていない。それより別のことを考えてるんだ。考えてるのは――「ちょっと待ってくれ」――うん、思い出してきた――

パートナー 最後の監査役会のことを思い出さないと、建物の中がどんなに静まりかえってたかってこともさ。そう、私の出た最後の監査役会だった。記憶では私だけそこにいるんだ、そう、憶えてる、会議室の上の階に座っていて、どんなにそこが静かだったかって。びっくりするくらい建物の中は静かだった、静まりかえっていたよ、「ゲーリンガーさん！」て呼ばれたのがはるか昔のことのようだった。部屋の中はオフィスの静けさってやつだったよ、でも突然隣の部屋から音がした。誰かが咳をしたんだ。たぶん秘書だ、いや、そんなことありえない、だって留守電の応答メッセージがすぐに流れたんだからね。メッセージが流れている間に、窓に止まっていたハエが動き始めて、飛び立とうとしたんだ。そう、窓にいたハエもハエの飛行ルートも憶えてる。せわしなくあっちこっち飛び回って、何回も急に方向転換して、道も出口もわからない入り組んだ迷路みたいなルートだった。それから突然人のいないオフィスで何かがにおい始めた、そう憶えてる、ほとんど空っぽのオフィスで突然新しい合成繊維のカーペットのにおいがしたり、機器のにおいがしたんだ、この新しいオフィスのいつものにおいって感じでね。プリンター、ディスプレイ、書類入れ、それに木製オフィス家具のにおいだ、今回のにおいは騒々しいとまでは言わないけれど、いつもより際立っていた。木製家具までがそれまで聞いたことのない音を立てているようだった。

キー　そう、私もまだ憶えてる、この建物にいたのよ、用事があって、でも同じ会議だったかどうかはわからない――「でも絶対この建物だった！」――でもどちらかというとエレベーターの中だったわ――「そう、エレベーターがあったのよ！」――「まだエレベーターの中？」っていうのがあそこで偶然会った人と交わす朝の挨拶代わりのジョークだったのを憶えてるわ、動くものは何でもかんでも上昇するってわけ。「あいかわらずエレベーターの中？　もう前進はできないのに！」突然その通りになった、もう前進はなかった、だけど後戻りもなかったの、あのエレベーターは完全に止まっちゃったの。

パートナー　下では笑い声がした、そうさ、経営執行部の補佐がジョークを飛ばしたのがはっきりと聞こえたんだ。「そういうことか」って思った、つまりこういうことなんだよ、経営執行部の補佐がジョークを飛ばしてるようなら、会議はとっくに終了ってこと。なぜ自分が下に行っていなかったのかは、わからない。たぶんまだ何か処理したかったんだろう、電話とか。その電話をかけ終えた後はもう私はこの階にはいなかった。とにかく、この部屋のことも監査役会のことも今しがたの出来事のように憶えてる。「誰かがガムを噛んでいたけれど、お咎めなしだったことも」——下では会議の後の飲み物も注がれ、パンも用意されていた。

キー　経営執行部を補佐していたかどうかもう憶えてないんだけど、急にありうるような気がしてきたわ。基本的には四階行きのエレベーターしか憶えてない、鏡が中についていないエレベーターよ、自分の存在を確認できるものは何もなかった。あの音楽じゃ自分の存在確認なんて絶対ムリ。そう、エレベーターで流れてた音楽を憶えてる、よくああいう場所で耳にするクリスマスソングかBGMか販売促進用の音楽だった、買い物なんかできる場所じゃないのに。

パートナー　誰も食べたくなくたって、会議終了後用のパンは用意されていた。誰も聞きたくなくたって、ジョークが次々に飛び出した——

キー　外部に止まる音楽、心に働きかける音楽、そしていったん内に入ってきたら二度と出て行くことのない音楽、その三種類の区別くらいつくわ。そこで流れていたのが、頭から離れない音楽だったのは確かよ、すっごく静かなところに行っても駄目だった。その音楽が今、外から流れてきて、そこら中に広がってる。

シニア　音楽ってなんていろんなことができるのかって、僕も考えてた。外から流れてくるのを聞いてたんだ。そう、ゲーリンガーさんとメルテンスさんが以前いた部屋に自分もいたのさ。目の前に広がる街の方を向いた窓辺にいた。僕は外に向けられた視線そのものっていう気がした、流れる空と、流れる青に向けられた視線だ、雲ひとつなかった、でも気づいたんだ、外は嵐だって。見たこともない嵐、たった一度だけしか見ることのできない嵐だった。

パートナー　この階上で携帯が相変わらず鳴っているが、誰もまともに相手にしない。電話回線のブーンという音が聞こえ、それからその奇妙なブーンという音は建物全体からも聞こえてきたし、今も聞こえる。自分が絶対にいるはずのこの部屋は様子がはっきりとしない。見通しのきくイメージがないのだ。あるのはただ建物の中を歩く足音だけ、足音はもう階段の踊り場だ――

足音が部屋に近づいてくる、通り過ぎた、隣の部屋をノックしてる、「ゲーリンガーさん、ゲーリンガーさん、いらっしゃいますか？」しばらくしてもう一回、「いらっしゃいますか？　皆でお待ちしているのですが。」その後も何も起こらない。ただカーペットがパサパサ、モニターがパチパチ、空気がパリパリいう音を立てるだけ。壁の中をはう蟻の音が聞こえ、外では空の音がする、空に空気がなくなってしまったような音だ。そう、空はもう空気を含んでいない音を立て、永遠に変わらない青の中を流れていくだけだ。この音は言葉で言い表せないほど大きいので、もし部屋のドアの前に誰かが立っていなかったら、他のものをすべて覆いつくすところだった。そう私は今ますますはっきり感じる、この待機と、このためらいと、途中で動きを止めたドアのノブにかけられた手を。待っているその人はこの部屋で何が見えるのかを予感してるようだ。何があるか知っているみたいだ。そう、今は私にもわかっている、今ここで何が見え、誰が私と一緒にこの部屋にいるかが。

第三景

ストライキ。パートナー一人が残る。前方へ向かって話す。

そうか、まだ聞かされてないのか？
まだ知らされてないってわけだな？
いや、今はやめておこう。実際、どうでもいいことだし。

待つ。

そう、復活、いつだってその話だった。ただし、そんなに簡単なことじゃないんだ。復活なんて口にしたのは、まさにその適任者たち、つまり復活なんかに縁のない人間だけだ。復活なんてことに付き合う必要がない連中ってことさ。厳密に言えばそうなる。あるいは復活の必要を感じてない連中だ。
いまじゃ完全な復活を実現しなきゃいかん。完全復活だ。中途半端なことじゃ何の役にも立たんからな。

待つ。

「頼むよ！」そうじゃなきゃ再出発なんてすべてムダになっちまう、それに「チャンスという名の破産」だし「再出発にすべてを賭けた」わけだろ。しかし復活なんてことがいま、上手くいくわけがない。全然だめだ。まだその前にいろいろ片づけなければならないことがあるんだ。「君はサンプルだ、これからもずっと」っていつも言われきた。「自分自身のサンプル」なんだそうだ。とにかく自費出版てわけらしい。そういうものなんだって、何度言われたことか。ただ何のことか、詳しいことはもう忘れたよ。

待つ。

一つ知りたいんだけど、死者は簡単には蘇らないって言うだろ、なのに何故ここじゃみんなこんなことにうつつを抜かしてるんだ？　どうしてこんなに一所懸命なんだ？

——

そうなんだ、今度はあんたからそれを聞きたいんだ！　今度はあんたが説明してくれよ！

あんたはどうなってんの？　なんだってずっとここにいるんだい？——段々このことを考えないわけにいかなくなったてわけだよ——どうしてこんなことやってんの？　きっと何度もそう聞かれただろう。ほんとにいったい何でこんなことやってんだい？　もういつからやってる？

——もうこれ以上つづける気はないよ——

——そうさ、他のみんなももう付き合わないだろうよ。

——このへんでおしまいにするのがいいと思うよ。

——なに、そうはいかないって？

——もちろん、そういくさ。そうするしかないんだ。いいかね！

エピローグ

舞台後方から実習生の声が聞こえ、姿も見える。私たち以外の誰かに語りかけているようだ。

実習生　ロンドンに住んだし、パリにも住んだし、サンディエゴにも住みました。ロンドンでの暮らしならイメージできる。場合によってはパリでもいいかも。ドイツにはあまりシンパシーがないけど、経済圏としてなら興味があるわ。でももう嫌なの。大きな工場の誘致にありついた肥溜め臭い村に行って、そこの人たちに会ってくるなんて。そんな村に行って、そこの人たちに会って話をして、地域全体が砂利採石工場とか建築資材納入下請工場とかに頼り切りだって知るなんてもう結構。経済学的脱線を始めちゃったことも、純粋に道徳的脱線を始めちゃったこともある。ときどき独り言を言ってみたの、これからあたしにここで解雇される人たちって結局食べていけるのよね、って。「当然よ！」——税金に支えられてるんだから。経済学的に考えるなんてのも無意味よね。だけど結局こういった田舎の村へ行くと、多くの地方がどんなに悲惨なことになってるかが分かるの。

「まあ、なんてこと、ありえないって思うわ！　また百人ですって！　分かるわよね、一定割合の人たちが定年前退職になるってことは。贈り物なんですって。ほとんどの人は、それをそんなに酷いことだと思ってない。つまり、失業は最高刑ってわけじゃないの。行動的な人たちもいて、彼らは何か新しいことを見つける。それでも三百人を一挙にリストラするって容易なことじゃないんだけど。」

そんなわけで、みんなぐっと飲み込んじゃうの。モットーがあるでしょ、三人の子どもがいる父親で、食べていけない人はいない、いてもごく少数だってやつ、あれに頼っちゃうのね。だいたいそういう人には会わないわ。一人一人にじかに言わなきゃならないんだったら確かに大変でしょうね。でも最終的に今は経営側のフロントが武装させられているところよね、つまり計算機を取り出して、「かかれ！」ってわけ。そうよ、最終的に経営側のフロントが十分な弾薬の供給を受けてるところなの、「生きるか死ぬか」っていう議論みたいな大口径用の弾薬をね。それならみんなすぐに理

訳者解題

「不安な時代」を描くカトリン・レグラ

植松なつみ

カトリン・レグラは一九七一年にオーストリアのザルツブルクで生まれた。日本ではまだ馴染みのうすい作家であるが、ドイツ語圏ではすでに数多くの文学賞を受賞し、今日もっとも注目を集める若手作家の一人である。ザルツブルクで、薬剤師の母とアフリカやアジア等の危険地域に派遣されていることの多かったエンジニアの父のもとに育った。はやくも十代で創作活動を開始し、ザルツブルクの文芸雑誌**erostepost**に参加していた。アビトゥア取得後にはザルツブルクとベルリンの大学でドイツ語・ドイツ文学とマスコミュニケーション学を専攻するが、創作活動に専念するため大学での勉学は途中で放棄した。

「私は大都市に住む必要がある、地方都市でひたすら書いているなんて私にはできない」[★1]という理由から九二年に活動の拠点をベルリンに移し、以降は若者文化の中心地とされるクロイツベルクやノイケルン地区に住む。デビュー以前には、演劇やパフォーマンスの舞台活動や演出も行っていたという。現在は小説や戯曲、ラジオドラマに加えて、インターネットを通じた作品発表にも意欲的で、多岐にわたる創作活動を行っている。

一九九五年に散文集『だれも後ろ向きには笑わない』(Niemand lacht rückwärts)でデビューし、その後一九九七年に小説『走り去る音』(Abrauschen)、二〇〇〇年に散文集『狂った天気』（Irres Wetter）を発表する。レグラの創作活動は始めのうちは小説が中心だったが、やがて重点は戯曲に移っていく。その契機となったのが、アメリカで起こった九・一一同時多発テロ事件に対するルポタージュである。奨学金を得て二〇〇一年から一年間ニューヨークで生活していたレグラは、九・一一同時多発テロ事件をワールドトレードセンターからわずか一キロ離れた場所で体験することになる。彼女はすぐにこの事件に対するアメリカの反応――街頭の声、メディア上の政治家の演出等――を taz 紙等の新聞に連載する。そのルポルタージュはレグラ自身が撮った写真を織り交ぜ、『リアリー・グラウンド・ゼロ』（really ground zero）として二〇〇一年に出版された。『リアリー・グラウンド・ゼロ』はその後、『フェイクレポート』（fake reports　二〇〇二年ウィーン・フォルクス劇場初演）のタイトルで劇場版に書き直された。しばらく演劇から離れていたレグラだが、上記のアメリカ滞在をきっかけに再び舞台に関わることとなる。これ以後の作品は戯曲中心となり、二〇〇五年六月までに計七本の戯曲を書いている。

『私たちは眠らない』（wir schlafen nicht）は、二〇〇四年四月七日、デュッセルドルフのシャウシュピールハウス劇場に於いて初演され、同年八月には同名の小説も出版されている。レグラはこの作品のために、数人の企業コンサルタントに対して三十時間近い綿密なインタヴューを行ったという。彼らの答えを拾い集め、組み立て直して、この小説と戯曲はできあがった。「この十五年間にできあがった、私たちが現在なんとかこなさざるをえないやっかいな仕事のイメージ[★2]」を描きたかったというレグラは、企業コンサルタントたちを対象に選ぶ。彼女は企業コンサルタントの印象を次のように述べている。

> 企業コンサルタントは非常に複雑なアイデンティティの構造を持たざるを得ない人間です。というのも、彼らは所属企業とも担当企業の執行部の利益とも、そこでの部署や作業チームともうまくやっていかなくてはならないからです。つまり三つの対立するグループとです。さらに、高度な任務の遂行と優れた柔軟性という矛盾を常にどうにかしなくてはなりません。そして社会全体からは、彼らは一つの仲間集団だと見られているのです。彼らの価値や規範、見解をもとに他の業界は方針を定めているように見えます。[★3]

舞台はメッセ会場。キーアカウントマネージャー、実習生、オンライン編集者、

ＩＴサポーター、シニアアソシエイト、共同経営者《パートナー》という、職も年齢も異なる六人のセリフがときに絡み合い、ときにすれ違いながら舞台は進行していく。首尾一貫したストーリーは展開されず、テーマに添ったセリフが連続する。アメリカを代表とするニューエコノミー社会を象徴するような登場人物たちの職業、睡眠方法、プライベートライフ、会社のマシーンとなって使い捨てされる人々、コネ社会、ストレスの解消法、眠ることの許されない生活、ホテルに泊まる画一化されたビジネスマンたち、求められるパワフルな人間、挫折、そしてリストラ。彼らの会話の断片から浮かび上がるのは、立ち止まることを許されず、絶えず何かに駆り立てられて寝る間もなく働かされる人びとが属するニューエコノミー社会の歪んだ姿である。そして、それを象徴するのがマッキンゼーを代表とするコンサルティング会社なのである。ロルフ・ホッホフート（一九三一年〜　Rolf Hochhuth）が二〇〇三年に発表した戯曲『マッキンゼーがやって来る』（McKinsey kommt　二〇〇四年ブランデンブルク劇場初演）のタイトルを見ても分かるように、当時のドイツでは「マッキンゼー」という単語は行き過ぎた資本主義、ニューエコノミー社会の象徴なのであり、また「マッキンゼーがやって来る」というフレーズが流通していた。レグラはこの作品で、マッキンゼーのような戦略的コンサルティング会社の出現により一変した、不安の支配する企業風土を描き出そうとするのだ。

レグラの最近の作品には、ニューエコノミー社会の歪んだ姿を描く本作品を初め、燃え尽き症候群を描く『ジャンクスペース』(junk space 二〇〇四)、負債を負った人々からなる社会を扱った『外で吹き荒れる不気味な数字』(draußen tobt die dunkelziffer 二〇〇五)等、社会に潜む不安を描き出そうとするものが多い。しかし作品から受ける印象はそれほど深刻なものではない。文章の軽快なリズム感、同じことばの繰り返しや押韻によって生み出される語感、専門用語や造語、新語、スラングの多用といったレグラ独特の文体、笑いの要素も散りばめた軽快なテンポが、彼女特有の作品を生んでいるのだ。

これらの特徴に加え、本作品は間接話法が多用される文体によって際だっている。つまり、接続法Iが用いられ、登場人物が自分自身を指すときに一人称ではなく、三人称が用いられるのだ。だからこそ、オンラインが「そうよ、みんな人間なんだから!」と直説法で叫ぶときのように、ときどき使われる直説話法が生々しく聞き手の耳を打つことになる。

この文体を日本語に移すことは困難なので、日本語訳においては残念ながら直接話法と間接話法を区別していない。しかし日本語でも舞台化の際には様々な演出が可能なのではないだろうか。その際には、資料などが手元にあるのでご連絡いただけたら幸いである。

主な著作

『だれも後ろ向きには笑わない』（Niemand lacht rückwärts）　一九九五

『走り去る音』（Abrauschen）　一九九七

『狂った天気』（Irres Wetter）　二〇〇〇

『リアリー・グラウンド・ゼロ』（really ground zero）　二〇〇一

『フェイクレポート』（fake reports）（戯曲）　二〇〇二

『スーパースプレッダー』（superspreader）（戯曲）　二〇〇三

『キンスキー氏、あなたはこんなにも愛してくれた！』（sie haben soviel liebe gegeben, herr kinski!）（戯曲）　二〇〇四

『私たちは眠らない』（wir schlafen nicht）（戯曲）

『私たちは眠らない』（wir schlafen nicht）（小説）

『ジャンクスペース』（junk space）（戯曲）

『外で不気味な数字が吹き荒れる』（draußen tobt die dunkelziffer）（戯曲）　二〇〇五

主な賞
ザルツブルク文学賞　一九九二
アレクサンダー・フォン・ザッハー＝マゾッホ賞、イタロ・スヴェーヴォ賞　二〇〇一
リーアス賞　二〇〇三
南ドイツ放送ベストセラー賞　二〇〇四
ゾーロトゥルン文学賞　二〇〇五

著者

カトリン・レグラ（Katrin Röggla）

一九七一年生まれ。オーストリアのザルツブルク出身。九二年以降はベルリン在住。九五年に散文集『だれも後ろ向きには笑わない』でデビュー。小説、戯曲、ラジオドラマ、ハイパーテクスト等、多岐に渡る創作活動を行う。ザッハー・マゾッホ賞やイタロ・スヴェーヴォ賞等、数多くの賞を受賞。

訳者

植松なつみ（うえまつ・なつみ）

一九七〇年生れ。一橋大学大学院言語社会研究科博士課程在学中。

ドイツ現代戯曲選30　第八巻　私たちは眠らない
二〇〇六年三月一〇日　初版第一刷印刷　二〇〇六年三月二〇日　初版第一刷発行
著者カトリン・レグラ⦿訳者植松なつみ⦿発行者森下紀夫⦿発行所論創社　東京都千代田区神田神保町二―二三　北井ビル　〒一〇一―〇〇五一　電話〇三―三二六四―五二五四　ファックス〇三―三二六四―五二三二⦿振替口座〇〇一六〇―一―一五五二六六⦿ブック・デザイン宗利淳一⦿用紙富士川洋紙店⦿印刷・製本中央精版印刷⦿ ⦿ ISBN4-8460-0594-1

ドイツ現代戯曲選 30

*1
火の顔/マリウス・フォン・マイエンブルク/新野守広訳/本体 1600 円

*2
ブレーメンの自由/ライナー・ヴェルナー・ファスビンダー/渋谷哲也訳/本体 1200 円

*3
ねずみ狩り/ペーター・トゥリーニ/寺尾 格訳/本体 1200 円

*4
エレクトロニック・シティ/ファルク・リヒター/内藤洋子訳/本体 1200 円

*5
私、フォイアーバッハ/タンクレート・ドルスト/高橋文子訳/本体 1400 円

*6
女たち。戦争。悦楽の劇/トーマス・ブラッシュ /四ツ谷亮子訳/本体 1200 円

*7
ノルウェイ.トゥデイ/イーゴル・バウアージーマ/萩原 健訳/本体 1600 円

*8
私たちは眠らない/カトリン・レグラ/植松なつみ訳/本体 1400 円

*9
汝、気にすることなかれ/エルフリーデ・イェリネク/谷川道子訳/本体 1600 円

餌食としての都市/ルネ・ポレシュ/新野守広訳

ニーチェ三部作/アイナー・シュレーフ /平田栄一朗訳

愛するとき死ぬとき/フリッツ・カーター/浅井晶子訳

私たちが互いを何も知らなかったとき/ペーター・ハントケ/鈴木仁子訳

衝動/フランツ・クサーファー・クレッツ/三輪玲子訳

ジェフ・クーンズ/ライナルト・ゲッツ/初見 基訳

★印は既刊(本体価格は既刊本のみ)

Neue Bühne 30

文学盲者たち/マティアス・チョッケ/高橋文子訳

座長ブルスコン/トーマス・ベルンハルト/池田信雄訳

公園/ボート・シュトラウス/寺尾 格訳

指令/ハイナー・ミュラー/谷川道子訳

長靴と靴下/ヘルベルト・アハテルンブッシュ/高橋文子訳

自由の国のイフィゲーニエ/フォルカー・ブラウン/中島裕昭訳

前と後/ローラント・シンメルプフェニヒ/大塚 直訳

バルコニーの情景/ヨーン・フォン・デュッフェル/平田栄一朗訳

終合唱/ボート・シュトラウス/初見 基訳

すばらしきアルトゥール・シュニッツラー氏の劇作による刺激的なる輪舞/
ヴェルナー・シュヴァープ/寺尾 格訳

ゴルトベルク変奏曲/ジョージ・タボーリ/新野守広訳

タトゥー/デーア・ローエル/三輪玲子訳

英雄広場/トーマス・ベルンハルト/池田信雄訳

レストハウス、あるいは女は皆そうしたもの/エルフリーデ・イェリネク/谷川道子訳

ゴミ、都市そして死/ライナー・ヴェルナー・ファスビンダー/渋谷哲也訳

論創社

Marius von Mayenburg Feuergesicht ¶ Rainer Werner Fassbinder Bremer Freiheit ¶ Peter Turrini Rozznjogd/Rattenjagd
¶ Falk Richter Electronic City ¶ Tankred Dorst Ich, Feuerbach ¶ Thomas Brasch Frauen. Krieg. Lustspiel ¶ Igor Bauersi-
ma norway.today ¶ Fritz Kater zeit zu lieben zeit zu sterben ¶ Elfriede Jelinek Macht nichts ¶ Peter Handke Die Stunde,
da wir nichts voneinander wußten ¶ Einar Schleef Nietzsche Trilogie ¶ Kathrin Röggla wir schlafen nicht ¶ Rainald Goetz
Jeff Koons ¶ Botho Strauß Der Park ¶ Thomas Bernhard Der Theatermacher ¶ René Pollesch Stadt als Beute ¶ Matthias

ドイツ現代戯曲選 ⑧ Neue Bühne

Zschokke Die Alphabeten ¶ Franz Xaver Kroetz Der Drang ¶ John von Düffel Balkonszenen ¶ Heiner Müller Der Auftrag
¶ Herbert Achternbusch Der Stiefel und sein Socken ¶ Volker Braun Iphigenie in Freiheit ¶ Roland Schimmelpfennig
Vorher/Nachher ¶ Botho Strauß Schlußchor ¶ Werner Schwab Der reizende Reigen nach dem Reigen des reizenden
Herrn Arthur Schnitzler ¶ George Tabori Die Goldberg-Variationen ¶ Dea Loher Tätowierung ¶ Thomas Bernhard Hel-
denplatz ¶ Elfriede Jelinek Raststätte oder Sie machens alle ¶ Rainer Werner Fassbinder Der Müll, die Stadt und der Tod